Les adieux à la peau

- Nouvelles -

Léonel Houssam

© 2022, Léonel Houssam
Édition : BoD – Books on Demand,
12/14 rond-point des Champs-Élysées, 75008 Paris
Impression : BoD - Books on Demand,
Norderstedt, Allemagne
ISBN: 9782322411085
Dépôt légal : Janvier 2022

Nouvelles

Son pays de Cocagne

Rayons nocifs

La mort dans Marcelle, ma mère.

Dracula, fille de joie

Les adieux à la peau

Ce recueil est constitué de nouvelles de destins fragmentés. Tous les textes datent de l'époque où j'incarnais Andy Vérol. Ils ont été écrits entre 2006 et 2013. Trois d'entre elles sont rééditées et Deux autres sont inédites.

- *__Son Pays de Cocagne__* -

La fuite du robinet laisse échapper un goutte-à-goutte qui éclate dans le fond de la baignoire à chaque seconde. Métronome de mon ennui, maîtresse du temps de mon angoisse. Le froissement de ses tissus sur ses poils de jambes lorsqu'il baisse son jean et son boxer en lycra me laisse une sale impression de craie que l'on fait crier sur un tableau noir. En ombre chinoise, sa verge se dresse laborieusement sous son ventre bedonnant. Des dures nuits d'insomnies, celle-ci sera la pire…

Quand il s'affale sur moi et qu'il entre son sexe à peine gonflé dans ma fente, je me sens bien… Je pense à autre chose, je m'évade en moi tandis qu'il s'évide d'envie dans mon chez moi, mon intérieur nuit, ma sinueuse délicatesse humide, les anfractuosités secrètes du bas de mon ventre. Les draps sentent les peaux mortes, les colonies d'acariens, le déodorant dégradé, les pieds, les orifices et les cuirs chevelus sales. Je détourne le visage, sauf lorsque par enchantement il a envie d'un baiser maladroit, mal posé qui heurte les dents, qui dénude ma langue, qui ouvre ma gorge comme un clapet. Je le laisse faire. Je ne m'intéresse pas à l'orgasme. Je ne m'intéresse pas au sien. Je ne pense à rien. Je tourne mon regard vers la fenêtre et fais abstraction de la douleur, de la chaleur irritante qui ensevelit mon entrejambes... J'ai en tête ce bébé noir totalement osseux vu dans un documentaire sur la famine. Des larmes que je ne peux retenir se déversent sur mes joues.

« Quoi t'aimes pas c'que j'te fais là? Hein ? Tu n'aimes pas ça? Dis, t'aimes pas ?

- Si j'adore. C'est si bon que j'en ai les yeux qui coulent.

- Ouais je sais que t'aimes la sentir profond ma queue »

Il se répand dans la pièce une autre lumière qui caillasse les rideaux, une lumière poisseuse d'une heure entre deux, une clarté presque solide, dure, frappant les iris méchamment. Ce qu'il me fait, c'est un emboutissage. Voilà, ce qu'il me fait, c'est ça. Je me demande si je dois acheter un énième cadeau à mon neveu pourri gâté, ou tout donner à une association humanitaire... Si je ne fais pas de cadeau à mon neveu, lui me mettra encore des baffes... Tant pis pour le petit africain osseux.

Une goutte fluide et salée de sueur tombe sur mes lèvres. J'aime ça. Ça donne du goût à mon dégoût. Ça l'embellit un peu. Son visage semble congestionné. Dans la pénombre, il ressemble à un taré piquant une crise de nerfs. Un enfant dans un corps d'homme. Un égoïste filtrant la douceur de mes sentiments avec cette rage animale. Il grogne. Me soulève un peu plus pour me laminer, aller et venir très vite, mouiller ses doigts avec sa salive pour lubrifier ma fente. Pendant qu'il fait. Il fait. C'est bien. Je m'impatiente. Je ne parviens plus à penser à autre chose qu'à la brûlure que son viol banal provoque dans mon ventre... J'ai envie qu'il abrège. Je veux qu'il cesse. Je veux qu'il s'achève enfin au fond, entre mes flancs. Que le jet chaud indique le point final de son assaut, le corps contracté par la fureur de l'orgasme et ses insultes finales: « Sale pute t'aimes ça, grosse putain! J'te défonce salope ! »

Pour qu'il s'achève dans mon ventre, et vite, je pousse des petits cris, je gémis un peu, ne pense plus à autre chose... Je compose la chanson de l'orgasme qui provoquera le sien. Je lui indique que je suis prête, que je suis là, que j'aime qu'il me lamine, que j'aime qu'il insulte mon intégrité physique et psychique... Et ça s'accélère. Ça va beaucoup plus vite. Je suis comme toutes les femmes, je sens ça, je sais ça, mon enveloppe femelle comprend tous ses signaux. Ça nous vient sans doute des millénaires passés où se sont gravés ces râles, ces commotions, des éraflures. C'est presque l'instinct. C'est l'instinct. Peu importe, c'est là.

Qu'il se réalise et s'achève en moi. Qu'il se vide puis s'effondre sur et en moi... Qu'il s'enlise dans son mensonge, qu'il se construise des excuses à sa nature de bête dégueulasse, d'égoïste boursoufflé par les hormones et la violence. Qu'il crève un instant en moi. Cet instant magique où enfin il me laisse tranquille, figé dans l'orgasme, à des milliers de milliards de kilomètres de moi... Plombé dans sa jouissance égocentrique, installé, suspendu, dans son paradis d'homme: l'éjaculation explosive. L'oubli... Là où il ne peut ni parler, ni sourire, ni pleurer... Paralysé...

Qu'il s'achève. Ça n'a que trop duré. Ça dure. Sa bite m'emmerde. Tant qu'il ne vient pas. Et je me dis qu'il faudrait que je lui enfonce une photo d'enfants qui crèvent dans la bouche et dans l'anus. C'est trop long, je suis en colère. C'est trop long. Ça brûle. Ça dégoûte. Et sa sueur en torrent qui envahit la peau de mon visage. Qu'il vienne ! Je le supplie de venir avant de vomir, de m'épargner, me laisser respirer, qu'il cesse de me secouer, que le haut de mon crâne arrête de cogner la tête de lit, que le sommier ne craque plus, que l'air redevienne respirable, que je puisse courir jusqu'à la salle de bain et faire taire ce goutte-à-goutte insupportable, que cette lumière d'entre les heures indéfinies de ce jour sans date s'éteigne, laisse place au noir complet, celui qui libère les visions de néons mous entrelacés, des cascades d'étoiles et des nébuleuses multicolores.

Et il vient. Et disparait dans son pays de cocagne d'homme. Son orgasme. Le sien. Rien qu'à lui. Loin de moi. À des milliers de milliards de moi… Lui dans l'empyrée magique et moi dans le ravin, enfouie dans les plissements puants des draps, des couettes, des coussins, dans l'éther toxique de son haleine de salopard.

Puis il s'effondre presqu'en suffoquant. Sa queue congestionnée pressurisée par mon vagin que j'ai appris à contracter, pour le rassurer, l'attirer, le blottir dans sa jouissance…

Il s'enlève. Se retourne rapidement. Se lève pour aller pisser bruyamment, longuement, sans dire un mot. Puis il s'en va là-bas, devant sa télé, flatté par son œuvre, persuadé de sa magnificence virile. J'écoute. Le mat de lumière projeté par la lampe de salon atterrit sur mes pieds aux ongles vernis d'amarante. Je prends encore soin de moi, quelques fois pour m'offrir l'illusion d'être vivante. Je n'ai pas à me plaindre, il ne faut rien dire, il faut se taire et s'aplatir.

Je suis recroquevillée. Et je n'ai plus envie de penser à l'enfant qui souffre de la faim. Je sais qu'il va revenir, plus tard, qu'il me tirera de mon sommeil pour à nouveau batailler en moi.

- ***Rayons nocifs***   -

Sans pour autant comprendre que la folie est la lumière de ceux qui n'ont plus le moindre soleil. Dans le recueil de nouvelles « Stairways to hell » de Thomas Day.

Les yeux fermés.

« Tu as des mots qui ne disent pas autre chose que du bien, des mots qui donnent du sourire. Tu embellies la vie, tu repeins le ciel. Un jour, tu penseras à nous aussi et plus seulement à elle, à ses grands bras qui faisaient penser à des pattes de fourmis. Elle laissait ses empreintes dans le sable et tous les vacanciers se retournaient sur elle. On en parlait de ses seins au Grand Bar, forcément, elle était la dernière à les exposer au soleil quand tout le monde se planquait dans les longs vêtements anti-UV, se rétractait dans les bungalows et les sanitaires. Ils ne cessaient plus de se badigeonner de crème solaire, y compris la nuit, tout le temps, ils fuyaient la chaleur, l'immense trou de couche d'ozone qu'on avait cru refermer. Non, il était toujours là mais elle s'en contrefichait, elle se laissait griller sous le soleil violent, sa peau bronzée semblait insensible aux rayons nocifs alors que nous étions tous canardés, des plaies ouvertes jetées sur un grill. Elle était la vapeur d'eau, le nuage, la brume qui rampe le matin dans le maquis qui nous encerclait, elle était l'ombre, pas le rayon de soleil, elle était un scintillement, un bonheur, elle était à toi et toi, qu'en as-tu fait ? Rien. Elle n'est plus là. Notre village est en deuil. Casabianda est triste. Nous la regretterons tous... »

Aline me fait signe de la rejoindre. Je n'en ai pas tellement envie, mais après tout, je n'ai pas le choix. Elle a déjà disparu dans l'obscurité du puits numéro deux quand je commence à descendre à mon tour de l'échelle. Il fera noir durant dix minutes, puis je retrouverai la lueur vive des néons et des ampoules électriques. Nos panneaux solaires sont intacts, en parfait état de marche. Je suis soulagé. Nous sommes tranquilles jusqu'à la prochaine révision dans une semaine.

Nos réserves d'eau sont suffisantes et la nourriture à profusion stockée dans tous les coins nous assure de quoi profiter de notre épisode de vie pour fort longtemps.

Dans la première alcôve, Liam vocifère et alourdit nos nerfs.

« Je ne veux pas rester avec vous sale race, j'vais vous égorger dans votre sommeil j'le jure »

Personne ne bronche. On espère simplement qu'il ne passera pas à l'acte. Des racines pendouillent du plafond, vers végétaux ondulant presque dans l'air statique et vicié des lieux.

« Vous êtes des chiens trempés, grosses merdes, vous tremblez de trouille en un instant si on vous balance un essaim de mouches dingues à la gueule ! J'vous éliminerai un à un ! »

Aline referme la porte de fortune, deux palettes scellées rembourrées avec des coussins et oreillers, le tout cloué et enroulé de gros scotch. Ça atténue légèrement les cris, les insultes. Tout le monde fait le choix de s'entasser dans l'alcôve numéro 6, tout au fond de la galerie souterraine. Denis nous y attend, assis en tailleur, chemise à fleurs, bermuda vert pomme, tongues brésiliennes. Sa chevelure blonde clairsemée dégouline sur ces épaules, vestige évident de cette lointaine époque où il était LE prof de voile qui séduisait toutes les vacancières. Désormais chef du village, intendant général, il est soucieux. Nous sommes tous assis en cercle autour de lui. Les éclairages sont des loupiotes récupérées dans les bungalows encore en état et qui diffusent une lumière faible, vacillante, irrégulière.

« Il faudrait faire quelque chose pour Liam. On ne peut plus continuer comme ça. On l'a ligoté comme on a pu pour qu'il évite les agressions mais c'est provisoire. On ne peut pas l'approcher.
- Il faiblira, balance sèchement Jacques.
- Oui d'accord. Mais nourrir un type entravé, c'est galère.
- Tu veux faire quoi Denis ?
- Il finira bien par se calmer.
- Tu rêves.
- Quand il comprendra que c'est pour son bien, qu'il ne peut sortir d'ici sans risquer d'être tué par le cagnard.
- S'il refuse, on fait quoi ?

- Chaque chose en son temps. Restons optimistes ! Nous sommes un groupe soudé et devant l'adversité, nous sommes forts ensemble »

Ces mots baissent la tension d'un cran. Nous nous sentons rassurés. Denis demande à Jean-Louis, notre chef cuistot d'apporter la marmite de soupe qu'il nous a préparé.

« Nous creuserons une nouvelle alcôve dès demain. Tout au fond. Pour que nous puissions être tranquilles. Mehdi ? »

Je tourne la tête vers Denis afin de l'interroger du regard.

« Tu es notre meilleur chasseur de biens. Je sais qu'il te pèse de sortir mais tu es le plus courageux d'entre tous »

J'enfle de fierté à ces mots. De tels compliments sont des nouveautés dans ma vie. Tout le monde écoute le chef tandis que je pars dans mes pensées, les moments passés avec Linda, l'amour, les premiers instants, les corps entremêlés, se bourrant de riz en imaginant être au fastfood, fixant un cadre plein de ces photos de magazines comme s'il s'agissait d'une télévision. Nous avions bien grandi et depuis quelques mois, notre trentaine à peine dépassée, nous tentions l'impossible, l'interdit : nous voulions avoir un enfant. C'était de la pure folie, sans doute une bêtise dictée par notre instinct cheval, notre obscure soif de reproduction inscrite dans nos gènes multimillénaires. Auprès de la communauté, elle avait affirmé qu'elle portait bien un stérilet, que rien ne pourrait se passer, que le coït interrompu était la seule issue à notre pratique sexuelle. L'amour était si fort. Elle et moi étions bien les plus forts, les plus aventureux, des cafards diurnes assoiffés de danger. Denis nous avait donné le titre de « chasseurs » que j'ai gardé à ce jour. De toute façon, aucun autre membre de notre village sous terre n'avait ce courage-là. Nous sortions presque tous les jours par le puits numéro un pour nous lancer à la conquête du village de surface en ruines, ravagé par le temps, la nature sèche mais bien présente, les tempêtes successives, les pillages d'un passé lointain. Le soleil ennemi nous brûlait le crâne, les mains, les épaules, les pieds malgré les protections. Non que nous soyons frappés de coups de soleil mais plutôt par cet état d'euphorie épuisant sans doute provoqué par le trop-plein de lumière et d'UV.

Denis me sort de mes rêveries, me secoue l'épaule et me tend un morceau de papier sur lequel il a rédigé une liste :

« Voilà ce qu'il faudrait trouver là-haut. Surtout des outils, des planches de bois, de l'eau, encore de l'eau, des médicaments. Je sais que c'est beaucoup ce que je te demande. Je sais aussi que tu viens à peine de revenir à l'abri. Mais sans toi, nous sommes morts.

- J'ai plus de mal depuis la mort de Linda.

- Je sais, c'est très dur.

- Je vais y aller, je ferai ce qu'il faut, mais sans elle, c'est plus pareil »

Liam clame plus fort encore sa colère. Sa voix nous parvient de nouveau :

« Bâtards ! Grosses merdes ! Je réussirai à sortir et je vous détruirai ! »

Denis est gêné, l'œil en colère, je le décèle dans sa pupille au moment où je le quitte pour retrouver l'échelle que je gravis rapidement jusqu'à la surface. La voix du forcené s'estompe puis s'éteint à l'instant même où j'ouvre la trappe du tunnel, quand le flamboiement céleste bombarde mes pupilles dilatées. Il me faut un petit temps d'adaptation avant de pouvoir ouvrir les paupières, lentement, si lentement comme on le fait lorsqu'on se réveille, que la lueur de la bougie ou de la lampe de poche d'un membre de la communauté frappe les globes oculaires tout juste jaillis d'un sommeil lourd. Mon corps n'est que bois soumis à la violence des éléments, l'humidité, la noirceur, la pénurie d'oxygène sous la surface, et la clarté, la débauche d'air et la valse des éléments. Il n'y a pas de règles. J'ai demandé à Denis de me laisser sortir de jour comme de nuit afin de « connaître l'Apocalypse » dans sa totalité. Mais je préfère lorsqu'il fait jour, plutôt le matin, quand une presque-fraîcheur me permet de parcourir plus de distance sans être asphyxié par la fatigue.

La tenue spéciale qui me protégera de la violence des rayons solaires appartenaient à un ouvrier-paysagiste qui l'avait stockée dans un cabanon situé près de la chambre froide du restaurant du village-vacances. Cette combinaison kaki en polyester est complétée par un chapeau entouré d'un large rebord sur lequel a été cousu un voile blanc faisant office de moustiquaire. Les rangers abîmées que j'enfile dégagent une forte odeur de pieds. Les gants en cuir sont un peu trop grands pour moi mais je ne peux me dispenser de les porter. Il ne fait pas moins de quarante-cinq degrés là-dedans, je transpire immédiatement.

Le temps m'est compté. Denis ne cesse de nous le répéter : les UV attaquent sans relâche de jour comme de nuit, ils bombardent les cellules saines et les transforment rapidement en mélanomes. Sitôt éloigné du puits, à une cinquantaine de mètres, je soulève la moustiquaire. Ma peau est couverte de sueur salée. Denis n'en saura rien. Après avoir traversé un bois de pins, il me faut parcourir une centaine de mètres à découvert avant de rejoindre *le Grand Bar* où se situe la matière première pour consolider nos galeries, construire des ustensiles et des récipients. J'accélère le pas. Le sable meuble engloutit parfois mes grosses pompes.

Les yeux ouverts.

Je suis Mehdi, je suis un grand petit homme, filiforme et freluquet, des yeux bleus comme des carreaux sales au milieu de la façade de mon château-fort, ma face boutonneuse tringlée par le pus. Toutes ces colonies de bactéries logées dans les recoins, les rivières de microbes pullulant laineux à la surface luisante des muqueuses m'offrent un petit air de zombie en putréfaction.

Au Grand Bar, je parviens à me mettre à l'ombre. J'y savoure la solitude et une vue extraordinaire sur la mer Méditerranée, vaste miroir vert/gris/bleu scintillant sous le cagnard démentiel. Sur le sable à présent souillé par des paquets puants et infestés de mouches à merde, il y eut ces jeux, ces rires, ces baisers enflammés calibrés pour goûter les gencives de l'amour. Les vacanciers s'y pressaient pour y boire des sodas, des cocktails frais dont la sensation extraordinaire me revient en mémoire. Chacun vaquait à son oisiveté, mettant ses « soucis » entre parenthèses. Nous étions alors à l'ère des petits privilégiés plaintifs. Nous faisions notre valise, nous nous échappions d'un quotidien que nous trouvions aliénant, tout du moins ennuyeux. C'était une époque où l'on parlait de liberté individuelle. Cette dernière se résumait généralement à la consommation de biens et de loisirs. Sans en avoir pleinement conscience, nous n'étions que d'affreux apparatchiks d'une vacuité sans nom. Pour autant, je regrette cette époque qui me colle à la peau, imprimée à jamais dans mon esprit tel un rêve tenace flouté par le temps qui passe.

Je me rappelle ces incendies de forêt en plein mois d'août, ces flammes dansant le long des eucalyptus et des pins. Je me rappelle la digue à quelques kilomètres que je rejoignais seul en longeant la plage désertique. J'y les petits voiliers et les planches à voile. J'y sortais ma queue pour uriner dans les vagues claquant sur la paroi de béton.

La vie en plastique, le plastron d'électricité statique, le bavoir digital, nous avions tout, les éléments en notre faveur, les températures du bonheur, la brise câline et le ciel sauveur. La chaise tient encore debout. C'est ici que le dernier des barmen s'asseyait l'après-midi quand les clients potentiels se faisaient dorer le cuir à une vingtaine de mètres sur la plage de sable encore blanc. Il collait son oreille contre son transistor d'un autre âge, sifflotant des airs ringards diffusés sur sa radio préférée et pestant contre les informations. J'en ai un souvenir si clair. Il s'appelait Jacques. Ses mains étaient d'immenses spatules poilues percluses de crevasses. Ça me fascinait. J'étais d'ailleurs le seul client au milieu de l'après-midi... La chaleur tutoyait l'enfant, lui murmurait des jours meilleurs. Le beau temps disait-on. Les beaux jours. La belle saison. On le disait. Je commandais un Twister, glace colimaçon de vanille et de framboise que je léchais lentement, trop lentement, au point d'en laisser couler sur mes doigts, mon poignet, mon avant-bras, mes genoux. J'accélérais pour en perdre le moins possible. Jacques souriait tout en essuyant des verres. Ses avant-bras étaient tellement énormes, puissants que je pensais qu'il pouvait soulever la Jeep du chef du village... Ce dernier pétaradait dans sa poubelle estampillée des drapeaux corses et américains, boursouflé par l'abus de vin et de cochonnaille. Patrice dirigeait ce lieu de vacances depuis des années. Ancien maton, on lui avait confié la direction de ce village-vacances géré par le ministère de la justice après qu'il eut pété un plomb à la maison d'arrêt où il bossait. On disait qu'il avait cassé la gueule à un taulard, à tel point que celui-ci serait mort des suites de ses blessures. La rumeur était persistante. Patrice ne la démentait jamais sans pour autant s'en vanter. Aux yeux de tous, ça en faisait un personnage que l'on craignait malgré sa bonhomie et son caractère enjoué. Je n'étais alors qu'un enfant mais j'étais au courant de tous les qu'en-dira-t-on. Dans les années 80, on parlait sans entrave. Les mouvements de libération des années 60/70, une certaine insouciance de la fin des Trente glorieuses et un individualisme décomplexé donnaient à cette époque des airs d'empire en pleine déconfiture. Le chef du village se prenait pour le général en chef d'une division de GI américain et le Dj attitré du village s'imaginait chaque soir comme une méga-star du rock, de la pop et de la new-wave. Chaque samedi soir, il invitait une vedette française has-been qui venait chanter ses plus grands succès ou jouer des meilleurs spectacles ou sketch. Marie-Paule Belle, Stone sans Charden ou Charden sans Stone, Michel Topaloff, Ringo, Pierre Groscolas ou autre Au Bonheur des Dames faisaient le show devant des spectateurs en short, burinés par le soleil estival.

J'ai de menues mains qui explosent, détruisent, segmentent les façades mollardées des origines. Je me fous de mes liens, mes prédécesseurs, mes racines, je brûle, je blêmis. Car Jacques me faisait payer la glace le front plaqué juste sous sa boudine, le blanc des yeux vitreux, je criais ravalé flanqué dans l'arrière-boutique de ma gorge, dans le tiroir-caisse de son slip. J'ai bâti ma vie de garçon sur un tapis de sables mouvants. C'était la face cachée de ce bonheur de façade.

Je terminais ensuite ma glace qu'il m'avait réservée dans le congélateur. Protecteur. Rouleau compresseur. J'étale une noix de crème solaire pâteuse sur mon visage. La mer scintille. Elle ressemble à celle qu'elle fut, chaude, douce, ses vagues fredonnant cet air rassurant, croquant le rivage. Une berceuse… Les débris jonchent la plage autrefois si blanche, lumineuse. Désormais grignotée et salopée, elle n'est plus qu'une babine sombre léchée par des milliers de langues mousseuses. Malgré la chaleur, je suspens l'instant, le cul campé sur un tronc d'arbre imbibé d'eau saumurée qui a échoué devant le bar lors d'une tempête. Les crabes ont rapidement fui. J'en attraperai quelques-uns tout à l'heure. Au loin, à deux kilomètres au sud, la digue abandonnée où j'allais jouer au Robinson est toujours là, trait blanc de béton sur la surface agitée de la mer. Mes mains mollissent face à la splendeur. Les larmes se mêlent à la sueur dégoulinant en continu. Je me rappelle soudain que c'est à cet endroit qu'on m'annonça laconiquement le suicide de mon père… A-t-il seulement existé celui-là ?

Il en va de ma survie. Mon devoir d'oubli m'a pourtant si bien protégé. Se taire et rejeter les avalanches d'images. Bien sûr mon père m'avait raconté les folles nuits pleines de fantômes dans la maison de ma propre grand-mère. Qu'en ai-je à foutre désormais ? La cité est loin, il ne reste sans doute plus que des lambeaux de villes saccagées dans lesquelles des enfants et des vieillards, des femmes aussi, des chiens rendus à la vie sauvage se meuvent fourbus dans les décombres. Le soleil assassin a tout emporté, les océans sont inéluctablement en train de gonfler.

Un jour, ils finiront par lécher le ciel.

La peur m'enveloppe. Un rat passe furtivement sous un tas de chaises de bar. Une mouette me scrute sous un pin aux épines blanchies par la poussière.

Les yeux fermés.

Linda m'a dit: « S'ils veulent m'arracher le bébé du ventre, on devra se défendre. »

Je lui en ai voulu pour ces mots. La communauté nous avait tout donné et surtout la vie, la survie, sur une planète où tout au plus quelques centaines de millions d'êtres humains avaient survécu. Sans doute. Nous n'en savions rien après tout.

L'atmosphère terrestre pue la mort, la putréfaction d'un nombre colossal de cadavres d'hommes, d'animaux, de plantes. Je m'aperçois que plus d'une demi-heure a passé depuis ma sortie du village souterrain.

En dedans la route, la veine de goudron fondu circulant dans le plâtre humide. Encore. Les roues enfoncées. La digue fuyant encore dans les flots, cette flasque mer merdique dégoupillant des corps de poissons. Je me lève, reste couvert, ramasse des morceaux de bois, un gobelet en plastique, des branches de fils de fer, une cassette VHS sans bande, une chaussure en cuir remplie de boue asséchée, un tube de dentifrice *triple action* encore pourvu d'un bouchon, un gant, une palme, un sac gris empli de rouges à lèvres Dior, un dôme de bois, mais aussi un rideau froissé, encore du bois, pas d'eau. Mes doigts saignent, mon œil gauche est irrité par une poussière. J'ai mis le tout dans la vieille brouette stationnée aux abords d'un congélateur ravagé par la rouille.

Immolé par l'envie, je goute l'eau salée, m'en enduis le visage et en avalant une pleine paume. C'est absolument dégueulasse, mais vivant, agressif, violent, c'est l'eau, le sel, le goût du jour, de la vie. Je suis Mehdi et je peine à retourner dans notre abris, ce dédale de roches et de terres humides... La corrosion des nerfs, l'éreintement progressif de la volonté, de la pensée. Les habitants sont désaxés, sans nuit, sans jour, sans crépuscule et sans aube, ils sont des vents tournoyants, de putrides êtres rampants, des vers bipèdes gluants. Je ne veux pas y retourner, y croupir. L'eau de mer est partout sous mes yeux, jusqu'à l'horizon mais aussi dans mon corps, Je l'espère aussi dans mes chairs, mes yeux, mes larmes… Divine agonie. Le firmament du vivant, je ne veux pas y retourner, je préfère m'endormir sur la tombe sablonneuse de Linda et exploser en milliers de métastases.

Sitôt la brouette basculée à l'entrée du puits, je commence les allers et retours pour livrer ma première cargaison de bric et de broc. Je suis attendu par les habitants, tel un messie merdeux livrant des onces de temps supplémentaire à des êtres dévolus à l'agonie. Les hommes arborent des cheveux et des barbes crasseuses. Les femmes sont un peu plus entretenues. Leurs chevelures plus régulièrement lavées gardent encore, pour certaines, une jolie tenue.

« Alors tu as quoi d'beau ?

- De tout et pas grand-chose… »

Je ne m'attarde pas, et les laisse avec ce bordel pour reprendre ma tournée en surface. Ils restent entassés dans la salle du fond, plus vaste, mieux éclairée. Trente-deux paumés de la fin du monde, des survivants… Une diaspora d'ensevelis. Ils me dégoûtent. Je dormais lorsque Linda est morte. Denis lui avait interdit de sortir à l'heure où le soleil était au zénith. Mais elle n'a rien écouté, ne s'est pas protégée et s'en est allée bombarder ses cellules, luisante de sueur, belle à crever, morte pour rien… avec le bébé de six mois dans son ventre. Denis m'a réveillé, a embrassé la joue : « J'ai une mauvaise nouvelle ». Il a charrié le chagrin en dedans lui pour m'apprendre la nouvelle : « Linda est morte. » J'ai sursauté, je me suis levé de ma paillasse et je l'ai chopé par le col :

« Morte, peut pas être morte Linda. Linda elle ne peut pas être…
- Elle est sortie alors que je lui ai interdit. Je lui ai ordonné de rester mais dès que j'ai eu le dos tourné, elle y est allée.
- On t'a dit hier qu'on attendait le bébé, elle peut ne pas mourir. »

Je l'ai regardé dans les yeux, il était bienveillant, il est le père, il est tout ici, pour chacun d'entre nous. Depuis plus de six mois que nous sommes dans notre village souterrain, notre bunker de roche et de terre, il n'a eu de cesse de nous chouchouter, nous réconforter, nous maintenir à flots bien que les heures, les nocturnes, les diurnes, les lendemains, les hier avaient totalement disparu.

« Dis-moi que ça n'est pas possible.
- Elle est morte.
- Comment le sais-tu ?
- J'ai pris mon courage à deux mains, je suis monté, et je l'ai trouvée à l'entrée du puits. Dans un sale état.
- Elle est où ?
- Dans la salle n°3, à l'écart. C'est pas beau à voir »

Je me suis levé, j'ai couru. On tenta de me retenir mais le chagrin, la colère m'arrachèrent à leur emprise et je parvins devant elle, allongée sur une porte de douche que nous avions trouvée au bloc sanitaire de surface. Le corps calciné, noir, les chairs grillées, puantes, infectes. J'ai vomi. Je l'ai à peine reconnue. Seul son vendre gonflé et son bracelet en argent encore accroché à son poignet m'ont confirmé son identité. Seul. Eux derrière. Moi devant. Je n'ai pu lui déposer un dernier baiser, son visage n'étant plus qu'une boîte crânienne pleine de lambeaux de viande brûlée.

Denis était derrière moi. Sa main large sur mon épaule fluette. Il m'a dit « viens, sors, viens, bois un peu d'eau et assied-toi. »

Hébété, j'ai perdu ma place en moi, j'ai été immédiatement expulsé de ma conscience, baffé par une crise de nerfs démente. Je me suis tu, je suis revenu sur mon coin de lit et j'ai fixé le noir total qui m'englobait parfois sillonné par la lumière d'une bougie d'un habitant passant par là.

Six mois que nous construisons cet endroit, galerie après galerie, salle après salle. Nous étions trente-six survivants, juste à l'orée de la fin de l'Humanité. Tandis que tous les habitants de la planète continuaient à se voiler la face, nous savions que le ciel avait commencé à se déchirer. Le réchauffement climatique combiné à l'inversion des pôles et la disparition rapide du champ magnétique de la Terre mettraient moins de vingt-quatre heures pour brûler les êtres humains, la faune… Une bonne partie de la flore… Nous étions arrivés le même jour à Bastia, un 16 juillet. Nous étions montés dans le bus qu'il avait affrété. Des mois que nous préparions notre survie via Internet, par messages cryptés. Les autorités nous mentaient depuis des années, se bâtissant des bunkers dans le plus grand secret. Le travail de recherches de Denis, sa capacité à analyser le monde et particulièrement la conspiration des élites contre le reste du monde nous avaient sauvés la vie. D'une route principale qui longeait la côte Est de la Corse, nous avions bifurqué sur un chemin poussiéreux et chaotique traçant à travers cette forêt d'eucalyptus. C'était magique et terrifiant. Horrible. Il conduisait le bus avec aisance et nous avait rappelé qu'il avait choisi le point du monde qui serait le moins affecté par le cataclysme. Nous espérions qu'il avait raison. Secoués par les anfractuosités qui jonchaient cette route sauvage, nous nous taisions. Nous regardions défiler ce paysage sec, sauvage, à l'écart de tout. Il nous fallut près de trente minutes pour franchir une barrière déjà ouverte donnant accès au village vacances abandonné de Casabianda. Je reconnus immédiatement les lieux. Son restaurant à moitié détruit par un attentat quelques années plus tôt, ses dizaines de bungalows entre les pins, son grand bar, ses blocs sanitaires, son écurie, son petit bar, son minigolf ensablé... C'est que j'avais passé toutes les vacances d'été durant mon enfance.

La suite fut si simple, pénible, tous avec notre unique valise descendant dans l'unique salle disponible à trente mètre sous terre. « Je l'ai creusée pour vous. Ça m'a pris deux ans. Maintenant tout est prêt et nous pourrons agrandir grâce à nos efforts combinés. »

La toute première nuit, nous nous étions blottis les uns contre les autres pendant que nous étions balayés par la peur de mourir. Nous étions épargnés mais je pensais à mes proches, ma sœur aux Etats-Unis qui m'avait ri au nez lorsque je lui demandai de se protéger pour échapper au grand cataclysme. Elle s'est sans doute consumée depuis. Nous étions serrés, glacés et brûlants à la fois. La messe des corps, la prostration jouissive, le mélange violent de nos odeurs, nos haleines, nos yeux rougis par la fatigue et le chagrin, nos cris rentrés, les tristes mots, les petites complaintes, l'incapacité, au bout de cinq ou six heures d'enfermement à savoir si nous avions vécu une décennie, ou une seconde, si ce cul n'était pas finalement le coude du voisin, si ce souffle était la respiration de Marielle ou de Denis ou d'un autre. Et le silence qui bourdonnait, les coups de poings à l'aveugle, l'envie de sortir, de se laisser mourir. A quoi bon tout ça ? Mais il nous avait promis que plus tard, nous irions mieux. « Il y aura des survivants comme nous. Des passagers dans les métros, dans les voitures des tunnels. S'ils restent dessous, ils vivront, mais après ? Dans la débâcle des villes chacun assassinera l'autre pour survivre, pour répondre à ses besoins bestiaux. Des clans se formeront, des hordes de dingues n'épargneront pas les plus faibles. A Casabianda, nous serons en sécurité. Dès le deuxième jour, quand les pôles seront stabilisés, nous pourrons envoyer des volontaires à la surface. Avec une bonne protection, ils pourront nous ravitailler... »

Nous avons inhumé Linda non loin du Grand Bar, près de la grande scène à ciel ouvert. Seul Denis avait osé sortir du puits pour m'aider à lui dire au revoir. À elle. À mon enfant mort dans son ventre. Et partir.

De nouveau dehors, je savoure l'air de plus en plus supportable à l'heure du crépuscule. Des facilités à marcher, le ciel indigeste, je pisse contre un mur et m'aventure plus loin pour récolter du bois encore, des morceaux de tissus, un seau de fourmis fraichement massacrées.

Je n'ai jamais eu d'idéaux ni même de croyances, je suis allé dans l'absurde jusqu'à la frondaison de ma psyché, la tonsure intégrale de ma vigilance. Mes pieds dans le sable souffrent de s'y sentir bien. Je ne veux plus y retourner. Mais je n'ai pas le choix. Toute la surface de mon corps, malgré la combinaison, est en surchauffe. Je livre ma dernière cargaison du jour à la communauté avant de manger quelques insectes et dormir.

Toute mort est suspecte mais il ne faut pas en parler, il faut dépasser la porte, ravaler le sentiment, pendre le linge mouillé, cadavres de textile. Mes souvenirs remontent jusque-là, aussi loin. Denis dit qu'il faudrait plus de nourriture, qu'il doit rester quelques boîtes dans la prison voisine... Je n'y suis jamais allé. Il faut crapahuter plus d'une demi-heure dans la forêt asséchée pour y accéder. Si un incendie ou un tsunami se déclenche, je ne pourrai pas rebrousser chemin, enchevêtré dans la solitude, exposé à la mort. Même si je sais qu'il n'y aura plus de grandes villes, des tuyaux, des câbles partout, j'ai espoir, j'ai envie, je suis jeune, je suis Mehdi et mon bébé et ma femme sont dans les bras brûlants du ciel. Je veux vivre pour eux, pour la communauté mais j'ai tellement peur d'aller là-bas et y rester...

C'est quoi les profits ? Des fleurs ? Des pâtisseries ? Qu'est-ce la trêve ? La paix ? Un égout d'eau bleue ? Dans ce géant qu'est l'instant, je me suspens parfois au fil tendu, le cri de joie, le gendre idéal qu'est l'étourdissement de l'esprit. Les troncs s'effondrent sur mon chemin, la pluie drue picore ma combinaison, les grondements du tonnerre sont un troupeau de bisons cinglés foulant le sol sec de la côte Est. Et je cours, je saute, j'évite les obstacles. C'est la nuit. C'est la tempête. L'air chaud et chimique... La prison est quelque part devant moi...

Le dard dément de l'amour, les petits poissons olivâtres dans l'étang de vase à la lisière des terrains d'entraînement pour les cavaliers en vacances.

Les feuilles d'eucalyptus craquent sous mes pieds, des boules d'angoisse roulent dans ma gorge, dans mon estomac et à l'entrée de mon cul...

Avant de quitter ma banlieue, il a fallu que je dise à tous mes proches qu'ils aillent se faire foutre pour qu'ils ne tentent pas de me contacter, qu'ils ne m'envoient pas de messages, de mails, de missives quelconques... J'ai divisé le monde, j'ai sectionné ma vie. L'avant, les vitres sales, les systèmes solaires éteints dans les yeux des parents, ces parias du futur qui ont laissé leur place aux hubs autoroutiers, croupissant dans des reportages sur des croisières de cochons de leur âge...

Les yeux ouverts.

Il apparaît dans l'entrebâillement de la porte. Les barreaux lui strient le corps à la charpente massive. Il n'a pourtant que la peau sur les os mais ses épaules larges, ses jambes longues, ses bras encore traversés par des boursouflures musculaires me barrent dangereusement le passage.

« Tu as réussi à te tirer ?
- Ouais.
- Écoute Liam. Faut retourner là-bas.
- Jamais.

- On va griller sur place.
- Foutaises.
- Tu n'es pas bien vieux.
- Pauvre con. J'y retournerai pas dans ce terrier de tarés. Enfin si je vais y retourner pour tous les buter. Et tu vas m'aider.
- T'es malade ?
- Tu n'as pas le choix. C'est ça ou tu crèves dans cette prison en ruines.
- Ne fais pas ça. Je t'en supplie. C'est le seul endroit au monde où on peut survivre. »

Liam passe son index contre sa gencive comme s'il étalait de la coke :

« Tu me bouleverses. Je devrais te tuer avec eux mais je ne le ferai pas. Mais ne bouge pas où je te brise le crâne. »

Je reste plaqué contre le mur dégueulasse de la cellule. La vision de sa silhouette en contre-jour massifie plus encore sa carrure. Un monstre féroce capable de détruire des montagnes.

« On commence à vaincre les maladies microbiennes, puis virales, puis cellulaires et génétiques... Mais on découvre encore et encore que l'on meurt. On modifie les hommes comme on l'a fait pour les roses, les chiens, les blés ou les vaches. Nous sommes devenus la semence de notre espoir d'immortalité... Pourquoi vivre ? Il y a des hommes qui n'en veulent pas. Parce qu'ils ont perdu l'essentiel ou parce qu'ils ne l'ont jamais frôlé... Toi tu m'as privé de cet essentiel. Si fort que j'aurais dû te tuer connard, petite merde. J'aurais dû. Mais tu as eu l'enfant mort et nous avons pu devenir des jumeaux de désespoir... Tu es devenu comme moi... Et moi comme toi. Nous sommes tous les trois.
- Je ne comprends pas.
- Toi, moi et... Viens avec moi. »

Cette fois je fais le choix d'oublier l'incendie de ma peau et je lui emboîte le pas. Il est déjà dans le long couloir, ses pieds claquent, émettent un bruit de planches mouillées frappant la dalle de béton...

Je le suis. Son pas lourd s'enfonce dans le sable du chemin longeant les potagers... Les plantes sont belles, les légumes, les fruits, les céréales vivent malgré tout. Liam s'arrête. J'aperçois l'horizon qui soude la mer sombre et le ciel clair au loin. Il trace tout autour de lui un cercle avec son index. « Les champs. La végétation. Tu vois ça ? »

Puis il me demande de le suivre à nouveau. Son pas se fait plus pressant. J'ai si chaud, j'ouvre ma combinaison pour laisser l'air assaillir mon torse trempé. Des ombres floues tremblent comme des feuilles dans un carré de choux mais je n'ai pas le temps. Mes jambes sont si lourdes. J'ai l'impression qu'on me tire en arrière. Liam est à plus de trente mètres de moi, il rejoint la plage et accélère encore. Mes poumons et mes bronches me font mal. Les vagues vertigineuses, les épices dans l'air, le Grand Bar au loin et l'odeur de son cul, de son sang, de ses testicules qui parvient jusqu'à mes narines. Liam fait un dernier effort pour se poster au sommet d'une dune d'à peine dix mètres de hauteur. Le soleil baffe, les scintillements marins crépitent contre mes cornées. Les ombres floues se sont déplacées, courent sur le sable mouillé, devant nous. Nous côte à côte. « Regarde connard. » Des kystes rocheux sortent de la surface sablonneuse, des nuages en duel, des vagues énormes au loin, les ombres floues encore dans la lumière de fin d'après-midi de l'astre solaire... Les cris étouffés, la panique. Je me surprend à saisir la grande main de Liam, à poser ma tête contre son biceps robuste et à pleurer un peu, figé, à pleurer un peu, bloqué, à pleurer encore en admirant les silhouettes floues, les ombres dures asphyxiées de panique puis submergées par les rouleaux mousseux des vagues scélérates...

« On ne se fera jamais à cette masse cireuse qu'est le mort, ce visage sans expression taillé dans le néant. Il n'y a plus rien là-dedans. Où est l'âme ? Dans le ciel ? Au-delà du ciel ? Dans l'air ? Au cœur de la Terre ? Dans un tuyau mou qui saute de vague en vague ? Dans notre imaginaire ? Dans nos cellules ? Où ? On ne sait pas. On est juste devant ça et ne pas savoir quoi foutre de ses mains, ne plus savoir poser ses yeux sur ce visage qui fut pourtant la vitre contre laquelle on avait envie de coller notre nez morveux. On n'en veut pas de cette version défaite du cœur et des émotions. On lui en veut. »

Il dévale la dune.

« Nous ne sommes pas les gens du livre. Nous sommes des mécréants, des impies, des merdes humaines. Accélère le pas ! »

J'avance tout en continuant à regarder les silhouettes se diluer dans l'eau, la mer s'est retirée, exhibant une lagune superbe... Malgré mon essoufflement, je parviens à lui parler :

« Il n'y a pas de marée dans la mer Méditerranée.

- Il n'y en a jamais eu.

- Alors pourquoi ce retrait des eaux ?

- Parce que tes yeux sont fermés. Tu regardes les vaisseaux de sang dans tes paupières. Pauvre abruti. »

Les yeux fermés.

Le Grand Bar a changé d'apparence. Sa peinture n'est plus écaillée, elle est pratiquement neuve, éclatante.

Et choir plutôt que d'avancer. Liam me montre la porte du Grand Bar. Celle-ci est ouverte. Le barman est absent. Pourquoi serait-il encore en poste ? Que fais-je ici ? Le village-vacances est là, telle une cité isolée du monde défiant les embruns. Je me rappelle les maillots de bain, les peaux bronzées tachetées de grains de sable collés par la crème solaire. Je sens l'odeur de la glace qui s'échappe du congélateur ouvert. J'y plonge la main au moment où il me dit de me servir. J'en sors un Twister framboise et vanille, en décalotte l'emballage plastique et l'enfonce telle une queue dans mon gosier gourmand. Maintenant la glace fond, une débauche de sucres fruités et vanillés me remplit la bouche. Liam m'ordonne d'ouvrir les yeux. Je ne l'écoute pas. Je lèche la crème glacée aux saveurs spectaculaires. Le corps entier se tue à ramollir, enchevêtré dans le plaisir jusqu'à ce qu'il saisisse mes épaules et me secoue...

Les yeux ouverts.

Le ciel s'obscurcit. « Tu avais la lumière à l'intérieur des yeux. Maintenant, regarde bien. » Je ne distingue pas les alentours. Des nuages noires et gris foncés traînent sur le sol, brouillard compact, obscure, assorti de vents violents, tournoyants qui achèvent d'ouvrir ma combinaison, de la réduire en lambeaux. Liam me tient le bras. Il est massif, démesuré, si gentil et protecteur avec moi. Les odeurs sont confuses, hésitant entre la merde et la rose, entre la salive laiteuse, fétide et le parterre d'herbes aromatiques.

Un tueur aveugle, une muse hurlante… Nous y sommes, devant ce trou ouvert où gît le corps pourrissant, infecte, bouffé par les miasmes. Linda n'est plus qu'une carcasse picorée par les rapaces, les mouches, les vers, les éléments… « Regarde-la. »

Contre ce mur, je jouais à écraser le torse de ce copain de trop, arrivé trop tard en vacances, trop vieux, trop gros, trop beau, trop malin. Puis j'ai serré sa gorge avec une grande serviette, très fort, si fort, sans fin, jusqu'à ce qu'il n'en puisse plus, que ses yeux virent au blanc et que son corps tout raide s'écrase sur la dalle en béton, tête la première, visage de face explosant littéralement, son nez s'éparpillant sur ses joues, ses yeux, giclant. Me suis écarté. N'ai pas sangloté. Foudroyé de peur. Personne n'avait vu, j'en étais sûr. Il était là pris de convulsions violentes… Les vacanciers se pavanant sur leurs serviettes de bain, les enfants jouant dans les petites vagues vertes, sautant du ponton, courant après la balle. Il a cessé de trembler. Il s'est figé dans sa mare de sang et je n'ai pas bougé. Je venais de commettre un meurtre. A onze ans. Un meurtre. Liam me demande de réagir. Les images se brouillent entre ce gosse étranglé et Linda décomposée. « Maintenant, je vais te tout dire. »

Il est désormais allongé au bord de la tombe ouverte, respirant le nuage de mouches avec une tranquillité déconcertante :

« Et tu as largement profité des années de ta jeunesse. L'enfant que tu as été, tu n'as pas arrêté de me parler de ça, de t'épancher, tout le monde s'épanche aujourd'hui, comme si le poisson appelait l'hameçon pour se faire déchirer la gueule par le pêcheur. Tu transpires toutes les nuits, tu brailles, tu parles, dans le lit gigogne, dans la piaule obscure.

- Mais qu'est-ce que tu racontes ?

- Ecoute-moi bien. Tu dois imprimer mes mots ! Tu dois m'entendre, tu dois mémoriser !

- De quoi tu parles ?

- Tu la vois ? Crevée, bouffée par les vers ! Y'a plus rien ! Oublie-la !

- Mais ça va, je ne suis pas si mal. Je ramasse ce qu'il faut pour approvisionner la communauté, je dors, je mange. Tout va bien.

- Ferme ta gueule !

- Tu t'énerves pour quoi ?

- On en est tous là. On taffe, on cultive la terre, on nourrit les autres. Mais on va sortir un jour, on va retourner dans le monde et on ne saura rien faire.

- On ne retournera nulle part. Tu sais que c'est irréversible. Nous sommes enfermés pour toujours. L'Homme a tout flingué, les dérèglements sont irrévocables.

- Arrête avec ça… »

Les yeux fermés.

J'ai mal. Je ne comprends pas pourquoi je suis plongé dans l'obscurité. Ses yeux ont aussi disparu. Je n'entends plus que sa voix. L'odeur de cadavre est peu à peu remplacée par celle de la merde et de la pisse.

« On a une nouvelle chance. On nous la donne. Casabianda est notre salut, pauvre con. Tu es en train de tout gâcher…

- Je ne comprends rien !

- Linda est morte ! Elle ne reviendra pas.

- Mais je le sais ça…

- Non, tu ressasses, tu regardes en arrière. Tu es un pauvre taré »

Il n'a plus de visage mais il parle toujours. D'une voix de grotte. D'une voix de monstre. D'une voix d'outre-tombe.

« Tu donnes du temps pour oublier. Tu lui as enlevée les vertèbres pour les briser comme du bois séché contre le mur. Tu as été vu. Entendu. Tu as été condamné pour ça.

- C'est le soleil qui l'a tuée.

- Arrête de plaisanter. C'est le fruit de tes mains, de ton amour absolu, ton inconditionnelle envie d'avoir le pouvoir sur elle, sur ses pensées, ses émotions. La posséder. Tu me l'as dit.

- Je t'ai dit que je l'aimais plus que tout au monde.

- Comme tu as aimé ta mère qui t'a fait interner ?

- Je la hais. Cette chienne. C'était un accident. Un accident dément. Ce garçon est mort par surprise. Le jeu n'aurait jamais dû en arriver là. C'était en début d'après-midi. Il faisait chaud. Les rayons du soleil étaient déjà si nocifs, à lui taper sur la gueule comme un marteau… Le jeu du foulard, on appelle ça. J'ai pris la serviette de bain. Je l'ai étranglé un instant avec et il est tombé comme une planche. La viande de son corps dans la poussière. J'en n'avais rien à foutre, j'étais un gosse. Je savais déjà qu'on n'irait nulle part. Dans les bungalows, chaque nuit, les murs tremblaient. J'avais tellement honte des hurlements, du père cognant la mère, la mère criant à s'en briser les cordes vocales. Marre. Honte. Et puis ce garçon est mort. Bing, d'un coup d'un seul. J'ai vu que l'existence tenait à ça.

- Ouvre tes yeux, putain ! »

Les yeux ouverts.

Le soleil est revenu. La plage est de nouveau désertée. Le Grand Bar délabré, en ruines dans sa partie la plus avancée vers les terres. Liam est un peu plus loin. Souriant. Une campe. Un crapaud énorme coasse à deux pieds de lui avant de sauter lourdement, mollement jusqu'à un buisson sec grignotant un petit chemin fait de cercles de béton incrustés de petits cailloux gris. Goût gâteux des années 80. Décor criminel d'une fin de XXème siècle. Il est déjà reparti. De belles enjambées. Un pachyderme à la dextérité d'un serpent. Si puissant, dans l'air poisseux de chaleur orageuse. Le ciel gronde. Je n'ai plus de combinaison. Mon corps est en sueur, saucissonné dans la chaleur lourde. J'essaie de ne pas paniquer. Liam me parle et malgré les vingt mètres qui nous séparent dans notre progression, j'ai l'impression qu'il me susurre directement dans l'oreille : « Jusqu'à tes dix-huit ans tu pensais encore que tu sortirais du système. Dans le foyer de jeunes, tu as fait comme moi. Tu as tout appris, les sales coups, les plans foireux, la haine froide. »

Il flotte dans l'air.

« Tu avais la proximité de la mort comme bombe à retardement fixée dans tes paumes. Tu nageais dans le flou, les infections se multipliant, ton sexe brûlant, ta jeune prostate cognée par l'envie de baise. Dix-huit ans, ça se dé-fête, ça se finit la gueule en bas d'une falaise. En ratant ton suicide, en survivant à l'accident, en t'en sortant d'une sale baston au couteau, tu as raté ta mort et par là tu as bifurqué d'échec en échec.

- J'ai erré. J'ai léché le sol toute ma vie. Mais aujourd'hui je suis bien. La rédemption est aussi pour moi.

- Mais non. Jamais. Définitivement. Je ne vais pas tout retracer mais rappelle-toi tes premières vacances à Casabianda, les gros nibards de cette fille de seize ans qui finirait plus tard actrice de films de cul. Tu te paluchais dans le bungalow...

- Sous le drap oui... Pendant que mon père violait ma mère dans le lit d'à côté, à deux mètres de là.

- Leurs bruits de salive, le lit qui grince, les coups de lutte de ta mère qui tentait de retenir ses cris... Un cauchemar.

- Une crise perpétuelle.

- Tu étais un petit être malingre tiraillé par le vice, démantelé par les illusions stupides d'un branleur... »

Les murs s'ébranlent. Le vent vient du Nord, nettoyant les montagnes, soulevant les sables... Si brutalement. Je n'ai plus Liam dans ma ligne de mire mais des miettes de sa silhouette forment une ombre volumineuse devant le bloc des sanitaires. Le puits est là sous cette palette.

Les yeux fermés.

« Tu veux bien te dévêtir et t'allonger sur la paillasse ?

- Non je ne veux pas. Je veux retourner à la plage.

- Tu vas y retourner... Dans un quart d'heure. En attendant, allonge-toi. »

Puis les cheveux d'or aux odeurs d'iode et d'épices. Les crispations murmurées: « Ça pique la barbe. » Et l'envie de faire pipi, de chier, de pleurer, de hurler. Tout ça à la fois.

Les muscles/acier soulèvent la palette et ne révèlent qu'un petit renfoncement de trente centimètres dans le sable. Le puits a disparu...

Les yeux ouverts.

La voix lointaine de Liam me parvient encore: « Démiurge de l'infime, tu es pris au piège des trous creusés pour y fourrer tes belles billes piquées dans le cartable de tes camarades. »

Des récréations sous le préau à fixer la pluie battante en automne. C'était sans cesse l'automne dans mon souvenir. Sauf durant l'été, pendant cette parenthèse en août de séjours de trois semaines en Corse. Je balance la palette qui percute le tronc lépreux d'un pin. Il fait nuit. Je suis nu. Le village a disparu...

« Tu cherchais les surplus sales de l'armée pour t'accaparer l'odeur de la guerre, l'odeur de la sueur à l'entraînement des soldats, l'odeur de leurs pieds, de l'humus, de la poudre, de la boue... »

Je le supplie de se taire. Je me sens si mal devant l'entrée du village souterrain totalement obstrué. C'est là, bien là, je sais que c'est là qu'il était, qu'ils étaient.

« Liam ! Pourquoi le puits a disparu ?!

- Tu l'as rebouché !
- Jamais ! Non ! Je dois y retourner. »

La nuit n'est plus imbibée de la lumière lunaire. Elle est épaisse, noire, je ne sais plus où regarder. L'obscurité totale est comme du goudron que l'on coulerait dans les iris.

« L'aube s'approche. Dis-moi où est l'entrée ! Je dois les rejoindre.

- C'est impossible. Tu les as enterrés vivants.
- Jamais ! Non ! Je t'en supplie ! Donne-moi le passage ! »

Il est quelque part autour. Dessus, à droite, à gauche, dessous, il est là. En moi, autour de moi. Quelque part… Les rayons vont me brûler, me réduire en chair cramée, je ne veux pas les rayons, les réprimandes, je veux encore vivre, refaire, recommencer, me relever, ne pas rester agenouillé devant le puits disparu. Je veux refaire ma vie, recommencer, me soulever, et ne pas marcher de façon bancale dans le cul de ma vie. Je veux qu'il me parle, qu'il efface avec les mots ce que ce porc de chef a fait de moi. J'ai les doigts qui saignent, les ongles râpés jusqu'à la peau, le visage cabossé, les souvenirs déformés, je reviens à la vie, pour la refaire et me relever, marcher. Je veux effacer ou flanquer ma main menue en travers de sa gueule, je ne veux plus m'enterrer, être entre les quatre murs, sous terre, sur terre, encadré, recadré.

L'aube va venir. Casabianda ne défie plus le temps, avachi par l'érosion, les vents violents. Le paradis des vacanciers n'est plus que ruines, traces, n'est plus qu'un damier couvert d'un voile de sable. Liam n'est pas là. Je m'allonge nu sur le creux du puits effacé. Je vais bientôt m'incendier. Le buisson était une limite à ne pas franchir. Linda était un prophète du quotidien:

« Un jour ce que tu ressens si fort me transporte si haut que tu me confonds avec Dieu, avant de s'effondrer et devenir violence. »

Je n'y croyais pas. Mes jours pairs, mes jours lumière, je n'étais pas l'absence. J'avais joué longtemps à détruire mon être. Avec elle, c'était autre chose. Nos promenades molles au bord d'un canal, nos baisers mouillés sous un ciel gris maussade veineux voilé, les repas de pâtes, les câlins puissants dans un lit d'une seule place devant une télé à gros cul diffusant des émissions de jeunes crétins glandant dans une maison, tout ça n'était pas vain, tout ça mènerait tout en haut, au sommet, à l'entrée d'un grand château... Lorsque je l'ai étranglée, j'ai été étourdi par l'odeur pestilentielle de son haleine d'endormie. Je savais, j'ai su, je ne voyais plus mais je le savais que je ne la verrais plus.

Les yeux fermés. Deux jours plus tard.

Dans le bureau du directeur Denis Dauchard du centre de détention sans enceinte de Casabianda, le gardien Daniel parle d'un ton monocorde :

« Son corps a été retrouvé sans vie dans l'ancien village-vacances. Je prends sur moi la responsabilité du défaut de surveillance. Depuis quelques semaines, il était parfois incontrôlable mais il bossait bien au champ. Il était sur la voix de la libération. On n'a pas vu ou on n'a pas voulu voir sa lente dérive. Son camarade de cellule, Liam Dangelo nous a expliqué peu avant de mourir, qu'il était insupportable la nuit. Je ne m'en souviens que maintenant. Liam est mort égorgé sur la plage. Nous enquêtions. Nous ne pouvions pas savoir qu'il s'agissait de lui. On ne comprend pas grand-chose. Les explications resteront parcellaires. Je peux simplement dire qu'avant son incarcération dans notre centre, il était déjà venu ici, petit, chaque été… »

Un dossier vert est clos par le directeur. « C'est la lettre d'un dingue. Je n'ai pas de temps à consacrer à ces malades mentaux que nous envoie le continent. »

Le soleil traverse la pièce en oblique et frappe les cheveux blonds et soyeux dégoulinant sur la veste de costume noire impeccable. La chaleur est agréable et douce. Loin de la canicule accablante qui a frappé toute l'année durant. Le directeur quitte son bureau et s'approche de la fenêtre. Des hommes travaillent encore. L'un d'entre eux pousse une brouette de carottes fraîchement récoltées sur une sente sillonnant dans le maquis adjacent aux cultures. Le Lune circule de jour. Il se rappelle avoir baigné ses yeux dans celle-ci durant des heures. D'une expiration longue et douce, il forme un cercle de buée sur lequel il écrit avec son index : « Au suivant. »

Il se retourne vers Daniel :

« Je veux voir ce type-là.

- Celui avec la brouette ?
- Oui. C'est Julien non ?
- Oui.
- Condamné pour l'assassinat de sa femme ?
- Oui.

- Amenez-le-moi dans mon bureau »

Il pivote de nouveau vers la fenêtre. Frappé par la violence de la lumière solaire, ses yeux se ferment…

- *La mort dans Marcelle. Ma mère* -

Il fait chaud. Bien trop chaud. L'âme parfaite. Il fait si chaud que je n'y peux rien, je me sens mal, abîmé. La fiente. L'écho est désagréable. Pas de ciel bleu. Le soleil n'est plus qu'une chaleur de merde emmagasiné. Ma peau est un peu gélatineuse et les souvenirs de ma vie antérieure me font regretter, parfois, ce que j'ai fait.

« T'es une salope hein ?! T'aimes ça hein ?! T'en es une hein ? »

C'est très sourd. Couvert. Je l'exprime clairement mais je l'entends mal. C'est un brouillard sonore emprisonné dans un séisme mou... Un séisme ratatineur. Hum !
Ho ! Ho ! Les vibrations. Et mon corps qui se disloque, se laisse bouffer, se laisse faire...
L'effet est désastreux. C'est pitoyable. La lumière est pénombre, ce n'est pas vraiment de la lumière, c'est une diffusion sensuelle qui réchauffe mes pupilles étranges. Les mouvements sont de l'eau/mouvement, un tangage léger, un jus sensationnel.

Il n'y a pas d'odeurs. Il n'y a pas de beauté.

L'étouffement, le souvenir de l'air. Le vent. Sur les souvenirs. Les plaines. La place.
Le pan entier de mon passé se chie sur la minute/l'instant. Correctement.

« Tu viens manger à la maison dimanche ? »

J'en avais marre. La question était la première phase du rituel. Marre de prendre la voiture, m'emmerder à faire 150 bornes pour

me bâfrer lamentablement en essayant d'improviser des conversations stériles. Un joli coq au vin, un *boeuf-carottes*, plus sobrement des Saint-Jacques à la crème fraîche, une salade douce de poivrons rouges, de lardons et de la mâche. Manger. Boire du vin... Se siffler la bouteille avec le fromage coulant... Ma mère a toujours su choisir les camemberts de Normandie (Le Label vaut la qualité à lui seul) mieux que personne. Coulant à souhait, au lait cru bien sûr, légèrement crayeux au centre et voluptueux autour... Un vin. Souvent, elle choisissait des vins rouges coriaces, des Bourgognes, bien que les Bordeaux ne soient pas exclus. On disait qu'il ne fallait pas ce type de vin pour ne pas écraser la force du goût du fromage. Je n'étais jamais d'accord avec ce principe très bourgeois... Ma mère savait cuisiner de façon simple, mais fine... Elle avait cette capacité à faire de la bouffe qui ne laissait jamais pantois. Des noises.
Parfois on se cherchait les poux. « J'en ai marre de laver ton linge. Tu as 37 ans. Tu ne peux pas rester perpétuellement dans cette situation. »

Je n'avais aucun argument sérieux contre ça. Un homme dans ma situation n'était en rien en phase avec le monde/course... Chômeur. Célibataire. Dépressif. Gros.
Cette pute de Natacha s'était cassée trois ans plus tôt. Ne m'en suis jamais remis.
Mon studio, 18 mètres carré, choisi dans le far West. Un ovale géant dessiné sur le nord-est de la carte de France. Un monde en friche où je n'avais strictement aucune chance de trouver du travail ou une femme. Ma mère vivait à Soisson, depuis peu, avec son compagnon 25 ans plus jeune qu'elle. Un beauf féru de tuning qui la « faisait » rêver. A 29 ans, le mec était un bouffon complètement nébuleux, d'un point de vue cérébral.
Nos repas dominicaux s'étaient finalement transformés en séances cauchemardesques qui consistaient à faire semblant de s'entendre. Ma mère restait correcte, repoussant certains assauts lubriques du jeune cochon. « Pas devant mon fils » Moi ça ne

m'embêtait pas, pourvu que le vin coule à flots et que la bouffe soit sublime.

C'était toujours le cas.

Elle n'avait pas abandonné le principe d'une cuisine travaillée spécialement, pour le repas avec son fiston. David, son mec, était un petit con. Un mécanicien aux gros doigts pleins de cornes et de muscles. Il était rasé à blanc et ses yeux étaient d'un bleu de bouffon. J'entends dire que les yeux clairs sont une horreur, une erreur de la nature, une déficience esthétique dans laquelle tous les crétins (crétines) du monde occidental tombent bassement...

Mal armés pour le bon goût.

Il se fringuait de façon plus élégante qu'auparavant, pour épater ma mère/sa/gonzesse. La première fois où il était venu becqueter avec nous, il arborait un jean Diesel à se chier dessus de rire, un Teddy bariolé de marques de bagnoles italiennes, un tee-shirt de type marron retourné, coutures effilochées bien visibles et des grosses baskets avec les ressorts à air comprimé/pour/faire/classe.

J'avais repéré sa 106 tunée ultra bruyante (Néons bleus sous le pare-chocs, pot chromé, dessins de flammes sur le capot, etc.).

Peu à peu, il s'était essayé aux pantalons à pince et aux vestes sobres... Sans oublier la patte petit blaireau merdique : bagues en faux diamants, anneau dans l'arcade sourcilière, etc.... « Mais tu connais rien. Si t'as jamais écouté ThunderHell, t'as jamais rien écouté alors. »

Chaque dimanche, pendant l'apéro, pendant que ma mère finalisait ses plats, je devais me coltiner David et ses cd gravés de musique tuning, à savoir une Techno hardcore ultrabasique à t'en faire péter le cerveau. Le con différenciait parfaitement chaque morceau. De son index, il m'indiquait les breaks, les instants de rupture dans le track, etc. Du bonheur.

Une légère odeur de pisse. Je ne peux assimiler les odeurs, mais celles-ci pénètrent simplement par les pores de ma peau.

Des instants privilégiés où je devais me coltiner ce type au fort accent polonais de la société MA.3 Consulting. Nous devions tous y passer, au service commercial.
Nous choisissions l'une des deux semaines proposées pour assister à ce stage de motivation et de réflexion sur nos métiers.
Assis à l'étroit dans un bureau aménagé en salle de cours, ce cher monsieur déblatéra durant 4 jours sur la nécessité de trouver les solutions « ensemble », pour augmenter la production de 60 % avec 40% de personnel en moins. Chacun y allait de sa proposition. Servile. « De toutes façons, on n'a pas le choix, le monde est comme ça maintenant. » Me lança fièrement Gonzague, ce gros pédé frivole dont je devais supporter la lubricité à longueur de journée. Et je te caresse les tifs, je te plaque la paume de la main sur la hanche. Merde. La misère.
Le polonais était un vieux connard, un libéral à la chemise classe mais décontractée.
Sa gueule de con. Sa sale gueule de con... Le mec persuadé qu'il vit dans le monde idéal. Le merdique. Je gesticulais sur ma chaise. Je lançais quelques idées puissantes à la volée : « Et si, tout simplement on virait tous les français trop chers, qu'on faisait appel à des russes moins chers et qu'on vous suce la bite à la fin ? ». On me pria de sortir à plusieurs reprises, mais je ne lâchais pas prise. Je restais. J'écoutais puis j'intervenais. « Vous nous racontez donc tout ça pour que nous adhérions avec l'impression d'être acteur du process... Et pour ceux qui n'acceptent pas cette façon de rendre serviles les âmes, qu'ils dégagent. » Ce que je fis le dernier jour, en déposant ma démission sur le bureau d'Hugues, mon manager. Il fut un peu ahuri.
Nous avions été amis quelques années plus tôt. Dans la boîte, Orange (Ex France
Télécom), il existait un véritable esprit de camaraderie. Ça frisait parfois l'abus, d'autant que je ne loupais aucun des pots de départ de ceux qui avaient créé la puissance de cette entreprise...

Au-delà de 55 ans, France Télécom, avec les amitiés de l'Etat français virait massivement ses vioques pour faire de la place au... vide... Hugues et moi avions souvent eu à nous bourrer la gueule ensemble, parfois même au boulot...
Mais je restais le seul à garder une bouteille de whisky planquée dans le tiroir de mon bureau.

Lui, gravit les échelons rapidement parce qu'il s'avéra être, finalement, le pire de tous les salauds que j'ai eu à connaître. L'amusant, c'était sans doute la raison qu'il invoquait pour justifier ce virement total de personnalité professionnelle : « J'ai des gosses et une femme. Je pense à eux. »
Conclusion, ce gros prétexte pathétique révèle simplement que s'installer en couple et pondre des enfants sur-couvés, biberonnés à coups de produits abondants régurgités par des usines lointaines, n'entraîne qu'une dégénérescence des relations sociales.

Tout était trop pénible à supporter. Mon couple battait de l'aile, comme tous les précédents couples que j'avais formés. J'étais construit dans le moule gluant du pessimisme,
J'étais sculpté dans la roche poreuse qu'on utilise pour fabriquer du looser.
Démission. Couple mis à mal. Je n'avais rien à faire d'autre que choir. Et choisir de changer de vie. Et tout ça m'est venu deux jours après que j'eus récupéré mes affaires dans mon bureau/fantôme... Je croisai un black qui squattait en bas de chez moi et qui avait « ses heures ». Il commençait, dès 9h00 par une bouteille de blanc de blanc. Un mousseux de compétition qui décollait fastoche le gland dès qu'on le pissait... Puis les bières, tout l'après-midi... Et enfin du vin rouge le soir. Le mec était complètement défoncé, mais il ne bougeait pas de là. Adossé à un mur. L'œil tombant. Il restait comme ça, bien heureux, dans une ivresse terrifiante qui l'évanouissait définitivement du monde... Il pouvait mourir comme ça, debout, sans même s'en rendre compte...

C'était, me semblait-il, un état excellent pour ne pas souffrir. Un compromis entre le suicide et le saut à l'élastique (J'avais eu droit à un de ces stages de merde où le moniteur te pousse littéralement dans le vide alors que des cailloux de merde se sont déjà répandus dans ton caleçon tenu par le harnachement de folie).

La vie n'était plus morose. Je posai mes valises dans l'unique pièce du studio (Toilettes et douche sur le palier) et admirai ce large bâton de lumière/soleil qui était posé là, contre le rebord de la fenêtre jusqu'au centre la pièce.
La vie allait s'écouler au rythme que je m'étais promis de m'imposer.
En mangeant, David faisait énormément de bruit. Il n'était pas question que je fasse la moindre réflexion.
Entre ma mère et moi existait une tension palpable depuis que mon père était mort noyé dans la Manche. Elle avait mal vécu l'événement, moi aussi... Mais chacun à sa façon, et avec la certitude qu'on souffrait plus que l'autre, que l'autre était incapable de comprendre... Elle n'avait plus joué son rôle de mère.
Je perdais pieds, mais elle ne faisait que me bousiller le moral. Elle ne pouvait concevoir que je me révolte contre cette douleur engendrée par la mort violente de mon pauvre père.
Une existence labyrinthique s'offrait à moi. Je me suis perdu...
Pendant près d'une décennie, je n'ai fait que la fête, j'ai bossé, j'ai vécu des histoires d'amour fâcheuses puis, enfin, je me suis installé avec Natacha. La bonne.
Ben non.
Tout était compliqué. Je ne réussissais pas à me faire une place dans ce monde. Je n'y comprenais pas grand-chose. Je n'avais aucune certitude sur rien. Par exemple, j'étais de gauche, mais je haïssais les gens de gauche que je trouvais sans simplicité.

Je n'avais finalement jamais eu de mode d'emploi pour me dépatouiller dans une vie adulte dans un monde qui changeait sans cesse.

Si j'étais né dans les années 50, à la campagne, j'aurais bénéficié de quelques principes immuables : la femme à sa place. L'homme à sa place. Le travail était le même que celui des parents. Le monde bipolaire. Est-Ouest. Quelques nouveautés dans les magasins. Des légumes du jardin. Et du lait qui sentait un peu la bouse de vache... Une vie de merde, avec des certitudes qui se posaient au-dessus des individus... Ces idées, ces certitudes appartenaient à des gens plus importants : les instituteurs, les politiques, monsieur le curé. Que sais-je ? Et toi, là-dedans, de ne penser à rien.

Je ne trouvais aucun intérêt à travailler. Avec ce frigo rempli comme par enchantement jusqu'à mes 17 - 18 ans, l'eau courante, le chauffage, je n'avais pas eu à survivre... Puis du jour au lendemain, il a fallu aller s'emmerder dans un monde adulte où il était nécessaire de s'adapter très vite, très voracement pour ne pas être détruit.

Ça fonctionna un temps. Mais j'ai craqué.

L'alcool. « Tu bois beaucoup trop... C'est pas avec l'alcool que tu te sortiras de tes problèmes » Voilà le genre de certitudes populaires ancrées dans le crâne des mères.

« Si l'alcool, c'est mon voyage perpétuel à moindre prix. Au moins, les emmerdes, les cauchemars, les échecs, je les produis seul, comme un grand ! ».
Faire comme un grand.

J'ai parfois des crises de démangeaison sur tout le corps. Mais il m'est impossible d'y remédier. Alors je me contracte un peu. Je souffre en silence. C'est un peu comme de la salive ou de l'eau croupie. C'est visqueux et chaud. Choc. Secousse
violente. Je m'ébranle complètement. « Pleure pas mon ange ! Tu pleures pas ! »

Nouveau choc. Cri strident qui bousille mon cerveau. « Déshabille-toi. Allonge-toi.
Humm. » Les sanglots mélangés à des bruits de bulles qui éclatent. La pression sur le haut de mon crâne est insupportable.

À-coup. Répit de deux secondes. A-Coup. Répit de deux secondes et quelques dixièmes.
Pause. « Regarde-moi dans les yeux. Regarde-moi hein !? » A-coups, sanglots.
Toute la semaine, je traînais dans Nouzonville, la ville où je m'étais réfugié. Je ne commis qu'un seul viol... La plupart du temps, je me tapais des branlettes planqué derrière un chêne qui surplombait une résidence appartenant à une association de mères seules et de femmes battues. Je les matais pendant qu'elles se lavaient la chatte ou qu'elles s'habillaient, en fin d'après-midi, pour assister à leurs veillées entre filles...

Puis, au fur et à mesure de mes passages, je finis par prendre l'initiative d'entrer dans la grande baraque et demander à la gérante de l'association, si elle n'était pas en quête d'un homme à tout faire. J'avais vu une vieille annonce qui indiquait que l'association embauchait, sans préciser pour qui et pour quoi.
« Vous avez quel cursus ? » J'étais assez rusé pour m'inventer un CV béton. Je lui proposai de lui amener l'ensemble des pièces indispensables pour lui montrer que j'étais l'homme de la situation.

Ça m'obligea à aller à Charleville-Mézières en bus afin de télécharger des spécimens de diplômes, de brevets et autres éléments que je pourrais utiliser pour « draguer » la gérante. Avec Photoshop, une bonne imprimante, je pus faire le nécessaire.
« Vous avez un parcours étonnant. J'ai vu que vous aviez travaillé à l'Hôpital Louis Debré en tant qu'aide-soignant. C'est très bien ça. »

Lorsque ma mère apprit que j'avais enfin un job, ses yeux de vieille renarde se mirent à briller de nouveau. Elle ne concevait pas la vie sans travail.

Pendant plus d'un mois je m'occupais de remettre tout aux normes (électricité, poignées de porte, peintures, tuyauterie, etc.) J'étais un vrai bon bricoleur du dimanche. Je m'étais mis à bricoler parce que Natacha réaménageait notre intérieur en permanence.
Les jeunes femmes, et les femmes plus âgées de la résidence m'appréciaient... Et je pouvais me permettre de m'adonner à ma passion : le voyeurisme. Fouilles efficaces dans les tiroirs de lingerie, observations sous les jupes, branlette sur les oreillers, etc.

Le bonheur. Puis le licenciement...

Je me fis pincer par une grosse femme d'une cinquantaine d'années, à la peau grise et au corps obèse. Je lui proposai de la baiser si elle ne disait rien. Mais elle refusa.
«Toute façon les boudins crachent toujours dans la soupe.»
Les emmerdes ensuite. Les plaintes déposées à la gendarmerie. La presse locale qui me collait au cul. Le tribunal et l'obligation d'être suivi par un psy... Retour à la case rien. Et ma mère éteignit ses yeux de renarde...

Plongé dans une ivresse extraordinaire. Je perdis vite la notion du temps et la sensation de vie... Seuls les dimanches restaient des journées où je picolais moins.

En présence de David et de ma mère, je me comportais en homme légèrement déprimé, mais qui en voulait encore... En fait, je cachais une dépression profonde et un alcoolisme inguérissable.
Ou presque. Je ne sais pas ce qui fait que l'on essaie toujours, à un moment ou à un autre, de se sortir de la merde. Nous sommes programmés pour lutter contre notre propre dégénérescence. Pas tout le monde bien sûr. Des gens tombent pour toujours, mais la

plupart des quidams ne subit que des périodes difficiles et non un cycle éternel.
Avec l'aide de mon con de psy (gratos), je fis deux cures de désintoxication d'affilée. Mais rien n'y fit. Je retombais dans le vin...

J'étais l'Homme qui vivait dans un grand verre.
Tenter une énième fois de sortir de toute cette daube se révèlerait infructueux.

En partant dans ce Far-West, j'étais persuadé d'échapper à mes problèmes, mes démons (dit-on - just fuck it in hell - énorme apport de la langue anglaise dans le découpage récit couilles qui grattent/Filles/en/Fleur/Serial/Killer...), mais ça n'avait fait qu'amplifier. Le cauchemar n'était pas constitué de monstres ignobles assoiffés de sang... Il était fait de platitudes obsédantes. Mon père la tête tranchée par une hélice de son bateau de bourgeois. Au ralenti, etc. Enfin, tous ces cauchemars que l'on avait fini par mettre en scène dans tous les films amerloques, de façon grandiloquente...

Je bénéficiais de la lucidité des ivrognes : « Je suis qu'une merde. On va tous crever.
N'Y a rien à faire. » Lors des repas du dimanche, je reluquais ma mère. Elle «courait » dans tous les sens. Elle était épanouie avec ce type à la con. Ils avaient une complicité étrange, un truc un peu filial qui finit par me rendre jaloux. Très jaloux.
Toute la semaine, en journée, ils n'étaient pas présents chez eux. David était donc mécano, et ma mère travaillait à l'administration de la mairie de Soisson. J'allai faire un tour chez eux et entreprit de déchirer toute sa lingerie et dessiner des bites géantes sur les murs blancs de sa salle à manger, avec son propre maquillage... La vandalisation de son univers nouveau me paraissait indispensable pour nettoyer mon esprit de pensées lourdes, oppressantes. Rien n'y fit. Il était inutile de continuer... à lutter. Je savais qu'il

n'existait une seule et unique solution pour me sortir de l'impasse existentielle dans laquelle je me cognais...

Ma mère porta plainte et l'on découvrit que j'étais l'auteur des vandalisassions. Ma mère retira sa plainte, mais annula, définitivement les repas dominicaux. Je n'avais plus rien. Elle avait coupé les ponts avec son fils qui lui faisait honte...
Pas pour longtemps. J'entrepris une reconquête efficace. J'arrêtai de boire, presque.

J'acceptai d'être plus assidu aux séances de psy, bien que celui-ci me fasse comprendre que je le gonflais sérieusement... Je m'étais mis en tête de ne lui parler que de ma mère. Ses bons côtés. Ses mauvais côtés. Sa façon de me traiter. Sa relation à un jeune mec très con... Ma fascination pour son incapacité à prendre du recul, à se trimballer dans la vie avec des certitudes qui lui faisaient presque oublier qu'elle allait mourir. Je l'appelai régulièrement. Maman, je sais que j'ai fait du mal. Je sais que tu as été choquée. Mais je voudrais me faire pardonner.

« Que tu vandalises tout à la rigueur, mais que tu t'acharnes sur ma lingerie, excuse-moi, mais tu me fais peur. Très peur.
- Mais je t'aime maman, je ne voulais pas te faire si mal. »

J'étais un cas très simple pour le psy. J'allais les dents du fond qui baignaient dans mon Œdipe. J'avais presque dépassé la limite... Je n'étais pas irrécupérable, mais presque.

Je dis à mon psy que je ne parvenais pas à me suicider. « J'ai envie de disparaître, mais pas de me tuer. J'ai peur de me rater. Mais j'ai aussi peur de mourir juste avant qu'il ne m'arrive un truc bien. Vous voyez, j'étais destiné à croiser une femme, la vraie femme de ma vie, mais voilà, je me suis pendu deux jours avant... C'est bizarre. D'un côté vous pensez que vous pouvez décider des choses de votre vie, et de l'autre, vous avez la désagréable impression que c'est déjà joué. Je pourrais essayer de trouver du boulot, mais je déteste ça. Je n'aime pas avoir une activité, qu'elle soit rémunérée ou non. La seule qui pourrait vraiment répondre à mes besoins en matière d'équilibre, c'est de boire... Mais ça j'ai arrêté. Je suis bien assez bourré sans picoler. »

Je me baladais dans Nouzonville toute la journée en essayant d'éviter de croiser les quelques habitants qui rôdaient dans les rues. J'avais la réputation la plus pourrie du coin. Tout ça me donnait l'occasion de réfléchir à des solutions pour sortir de cette vie de cauchemar... Je savais que j'avais été pondu et que je ne pourrais me sortir de là qu'en mourant.

Mais mourir autrement. Mourir vivant. Mourir d'une façon qui signifierait : la mort n'a pas d'emprise, le destin, c'est moi qui le dessine. La vie je l'ai décidée, finalement, comme ça.
Trente-sept années de vie devaient se conclure dans le bonheur. Mes gesticulations n'avaient servi à rien. Il fallait partir du monde comme on était venu, sans crier gare, sans peur, sans conscience et sans douleur. Sans doute.
L'amertume. Une sorte d'amer qui remplit la bouche. Je sais que le temps passe vite
ici. Je sais que je n'aurai bientôt plus à me soucier de toutes ces souffrances, ces
postures/déconvenues.

« Maintenant tu dégages ! Maintenant tu sors de chez moi ! Tu n'es qu'un petit con! Une merde ! Jamais on n'avait levé la main sur moi. »

J'aime écouter. Même si c'est confus. J'ai les pensées de plus en plus flapies. Elles n'ont plus de structure. Elles ne servent à rien. Je crois que je commence à vivre sans sens. C'est extra. Jouissif. J'appuie ma main contre mon ventre. Mon ventre est dur. Creux. Les fonctions de mes organes au ralenti. Eblouissant. Toum toum... Le heart qui bat fort mais plus cool. A la con. A la vie. A la tranquille.

J'envoyai un billet de train aller/retour pour Hanovre et un pass pour un accès illimité de trois jours à un salon de Tuning. « Putain ! Merci ! T'es extra ! Tu remontes dans mon estime ! » David gueulait complètement dans le micro. J'avais été invité au baptême de cette vieille peau d'Agnès, la sœur de mon père qui collectionnait les hommes et les couches de maquillage. Elle avait quelque chose de sordide avec ses toilettes impeccables, son rire sonore et cette gentillesse que l'on peut qualifier de légendaire.

Ma mère ne m'adressa pas la parole de tout le repas.

J'étais seul, entre une pétasse de trente ans exubérante et sexy et un expert-comptable qui mangeait bruyamment. Je n'étais pas totalement fou et j'engageai la conversation avec l'une et l'autre... De toute façon, j'étais décidé. J'irais jusqu'au bout de ce plan... David resta plus d'une heure avec moi à se plaindre des humeurs de ma mère, sa façon imbécile de le materner... Il me confessa qu'il en avait marre d'elle et que ce voyage à Hanovre allait lui faire le plus grand bien. « J'te dis bien que tu sois mon beau papa ! Ah ! Mais là-bas j'crois que j'vais y tremper l'sucre un peu. » Grosso modo, il avait envie d'aller baiser ailleurs.
Puis, je « serrai » ma mère contre un mur. Dans le couloir. La fête battait son plein.

La Compagnie Créole faisait son bal masqué ohé ohé et je tenais fermement ma mère contre le mur. « Ecoute, maintenant arrête... Il ne faut pas que tu me fasses la gueule. Je ne suis pas bien. Tu dois t'occuper de moi comme une mère... Je n'ai plus rien, j'ai l'impression que je vais crever. » Et voilà, soudain, comme par enchantement, elle se mit à pleurer puis à se blottir contre moi : « Je suis désolée mon fils... Tu as raison... Je ne dois pas être comme ça avec toi ». Ça m'a ému. Vraiment ému. Ça faisait plus de 20 ans qu'elle ne m'avait plus montré le moindre signe d'affection. Je n'avais plus de père, et encore moins de mère. Elle relâcha son étreinte, sécha ses larmes avec un kleenex. « Je voudrais que nous fassions un repas ensemble, sans David, chez toi... »

Elle accepta. Nous n'avions plus qu'à attendre qu'il se barre à Hanovre, deux semaines plus tard.
J'avais le cœur un peu plus léger. Mais j'avais aussi l'esprit plus brumeux. Je ne reconnaissais plus dans ma mère une personne capable de preuves d'affection. Elle était une femme étrangère et familière à la fois. Elle était ça et son contraire. C'était une drôle de sensation. Mon envie de disparaître du monde était confortée par cette boucle choisie de l'existence. Ma mère m'avait longuement délaissé et abandonné dans ce grand labyrinthe... Mes errances, mon corps qui frappait des murs invisibles, mes pieds en sang à force de marche... Tout m'avait porté là où j'étais. A
37 ans. J'étais en fin persuadé de vouloir quitter la vie.
Lorsque j'arrivai chez elle, au dimanche prévu, elle était bien fringuée, bien maquillée. « David vient d'arriver à Hanovre. Il y fait très beau et les allemands lui plaisent beaucoup. » Sourire en coin. Mon esprit. Elle avait préparé un civet de lapin. Il faisait soleil. Elle ouvrit une bouteille de Champagne « pour la réconciliation. » Elle avait retrouvé son petit air de renarde qu'elle avait totalement perdu lors de la fête, au moment où elle s'était laissé aller aux larmes. Nous trinquâmes. Nous nous mîmes à blaguer sur la gueule de Drucker dans la télé... Puis nous nous mîmes à table... Lorsqu'elle disparut dans la cuisine pour fignoler son plat, je sortis les petits sachets de somnifère que je déversai dans son verre d'eau...
Mais à la différence de ces putains de films où il faut juste touiller un instant pour faire disparaître la poudre, là, il en était tout autrement... Si l'essentiel se dilua, une petite partie resta accrochée aux parois du verre et continua à flotter à la surface.
Je me ruai dans la cuisine et allai chercher le sirop de menthe. « Qu'est-ce que tu fais ?» « Je vais te faire un cocktail. Tu vas voir, un bon cocktail. » Elle cracha un peu au départ puis, elle l'avala cul sec... Mon cœur battait la chamade. J'en avais l'anus dilaté de honte. Grrr.

De l'élan. Les souvenirs. Mes mains ne tremblent plus. Seul mon cœur est encore fonctionnel. La vie est en moins. De façon inversée, tout de même. Ça devint divin de la voir vaciller un peu sur sa chaise. Ses doigts se décontractèrent et laissèrent tomber la fourchette. « Tu ne vas pas bien ? » Je me levai. « Viens, je vais te conduire sur ton lit. Je crois que tu fais un petit malaise. Ne t'inquiète pas. Je vais m'occuper de toi. »

C'est la dernière fois où je vis ses yeux ouverts. La dernière fois où je lui parlai.
Elle gisait sur le lit. Molle. Flasque. Presque indécente. Je lui mis deux baffes très énergiques pour vérifier qu'elle était parfaitement endormie. Ronflements...
C'est alors que je me déshabillai intégralement. C'était étrange, très intimidant, un peu gênant. J'allai balancer mes fringues par la fenêtre, qui furent emportées par le fleuve un peu plus bas. Juste une chaussette resta accrochée à la rambarde du balcon du deuxième étage... J'attrapai un petit morceau de lapin que je mangeai avec joie, puis je débarrassai la table, fis la vaisselle, l'essuyai et la rangeai à sa place... J'avalai presque cul sec le restant de Champagne, puis je vérifiai que tout était bien à sa place... Un peu comme si je n'étais pas venu.

Nu comme un ver, je lui enlevai simplement son pantalon et sa culotte. Je fermais presque les yeux. C'était relativement affreux de voir cette partie de son corps.
C'était horriblement impudique, et pourtant nécessaire. Je vivais un moment extraordinaire bien que vu de l'extérieur, il pouvait sembler que tout ça était très étrange. Je me mis à genoux et fis un fac-similé de prière (je n'avais reçu aucune culture religieuse spécifique. Simplement des principes judéo-chrétiens que je ne maîtrisais de toute façon pas sur le bout des doigts). Mon cœur se mit à battre plus fort encore. Mais j'étais bien.

La vie était douce tout d'un coup.

Je lui claquai encore une fois la joue. Elle ne réagit pas. C'est à cette instant que je basculai à jamais du monde des vivants écœurants, au monde du vivant l'unique, l'aube... L'aube de ma vie. Je me mis à quatre pattes entre ses cuisses. J'avais perdu toute gène, si bien qui j'ouvris totalement son entrejambes sans hésiter. J'y allais. J'y retournai. Je rendais à ma vie son sens. Je retournai là où je n'aurais jamais dû être.
Par mille fois j'avais songé à cet instant. J'avais imaginé le pire surtout. Ses tissus corporels se déchirant, laissant ses entrailles dégouliner hors d'elle. Ces images d'horreur avaient été rares, mais elles avaient, à plusieurs reprises, failli me faire reculer...

Ma tête entra tout simplement. Facilement... En fait j'entrai à l'intérieur de son ventre sans aucune difficulté.
C'était un vrai bonheur.
Et lorsque je fus totalement enveloppé d'elle, que je m'étais recroquevillé totalement, je compris que j'étais à la place exacte où j'avais toujours voulu être depuis ma naissance...

C'est chaud. C'est délicieux. Les muqueuses. L'intérieur/corps/plaqué contre ma peau, mes membres fragiles. Je ne me suis jamais senti aussi libre, immense... Et presque mort. Je barbouille. Je barbote. Maintenant, je sais que je vais enfin quitter la vie. Je vais bientôt mourir, serein, dans Marcelle. Ma mère...

- *Dracula, fille de joie* -

Ce qu'il tient pour son trésor secret a été tout le temps exposé aux yeux de tous – **Louis Aragon**

A vous, John Balance & Peter "Sleazy" Christopherson.

- **Playlist:**

Love's Secret Domain- Coil:
http://www.youtube.com/watch?v=0ZhpIDs_VQ4

Dark Age of Love - Coil
http://www.youtube.com/watch?v=pRWHjwbCDEQ

Who'll Fall - Coil
http://www.youtube.com/watch?v=RmF3zZSK8oQ

Des ronds de pluie dans une flaque d'eau. Il est bailleur l'homme qui pisse fort, il est heureux, il est gros, il est exemplaire. Alors il pisse fort, il rit fort, il grommelle des insultes par la fenêtre en regardant méchamment le clochard bleu qui trempe dans la flaque d'eau, les ronds de pluie, la vaisselle est faite, les voitures sont garées, la soirée peut commencer. Il pisse désormais du sang.

En mâchant la poignée de cacahuètes que j'ai fourrée dans ma bouche, je mords la peau du fond des gencives. Ça saigne, je le sens, j'ai mal, c'est indéniable. Je ne sécherai pas la vaisselle avec le torchon. Je la laisserai là, se couvrir de taches blanches de calcaire. Quelques morceaux de cassoulet en boite se sont fossilisés sur les couverts. Les planter dans la viande, déchiqueter les légumes, devant la télé, la tête penchée sur le coussin. En short, sur le fauteuil, le cendrier asphyxiant, emmerdant. Voilà, je suis un être palettisable, placé sur le Fenwick, les bras et les jambes saucissonnés dans la cellophane. « C'est bon, vous pouvez le charger. » Les types sont pressés, s'empressent de me faire entrer dans le camion. Une myélite surgit du fait des secousses terribles. Ballotté oui, et plongé dans l'obscurité du semi-remorque, les yeux calés vers le longeron supérieur. Inéluctablement, la peur monte, la sensation d'étouffement aussi.

Lorsque je vivais à Brighton, in la Somme, j'avais une vie paisible faite d'huîtres, de parties de Poker et de débats enflammés sur la nouvelle éolienne installée dans le secteur. Si j'avais pu sectionner les bras de tous ces fous de péquenots, je l'aurais fait. Je ne l'ai pas fait. J'avais mon chien, un berger allemand mielleux qui ne me lâchait pas. Il était mon compagnon, mon ami, mon garde du corps. Sur ce dernier point, il n'était pas le meilleur. Trop indulgent avec les agresseurs, il était tenté de leur faire la fête. Ma bicoque sifflait aux vents océaniques. Ça puait l'humidité, la solitude, les raviolis en boîte, la chasse d'eau mal tirée et la grosse gueule de Jean-Pierre Foucault.

Je ne captais qu'une chaîne et demie : TF1 et un machin local qui mettait des chansons de C Jérôme en boucle. Me concernant, je me donnais des allures de Gainsbourg. Ça fait bien de ressembler à un type que tout le monde considère comme un génie. Sauf moi. Un génie, en voilà un : ce type penché sur moi avec son petit bouc prétentieux, son crâne chauve et sa voix d'Old Man qui n'aime mater que les filles adolescentes de ses copains. J'aime bien, j'ai mal, j'attends mon heure en me disant : « Tiens, c'est ton heure faux Gainsbourg. C'est le moment de passer l'arme à gauche » Son haleine mêle la bière et le pâté premier prix. Il m'indique qu'il a tous les pouvoirs sur moi.
Mon fiancé, le fils du boucher a été mon premier amant mâle. Je me dis qu'il aura finalement été le dernier. Après la mort de mon amour de la fin du XXème siècle, fauché par le SIDA, je ne supportais plus les jours baignés dans la grisaille. J'avais l'impression de devoir donner ma vie à cette vieille Terre tuée à feu doux par les désirs de carrosserie des Hommes. À l'époque, j'avais trouvé un moyen de subsistance plutôt simple : j'achetais des bonbons dans un supermarché situé à trente kilomètres de là que je revendais cinquante pour cent plus chers aux gosses du village. Patrice était un rouquin qui sentait bon l'aftershave. Il me rejoignait en début d'après-midi. Nous baisions puis nous parlions de conneries. C'était un tel soulagement lorsque je le voyais se pointer dans ma petite baraque alors que j'étais allongé, nu sur le vieux lit bruyant et gondolé. Il sautait sur moi, se désapait, m'embrassait à pleine bouche avant de m'insulter copieusement. C'était un rempart contre la déprime. Patrice était connu comme le plus féroce skinhead du village. Il invectivait les passants, il menaçait les quelques étrangers qui avaient le malheur de passer par là. Concernant les touristes, il leur aboyait dessus : « Les pédés, on n'aime pas ça ici, bande d'enculés. » Il me faisait rire et

me faisait un effet tel que j'étais capable de baiser avec lui deux ou trois fois d'affilée. Nous parlions ensuite et souvent je m'endormais, bercé par sa voix rocailleuse. En fin d'après-midi, je me réveillais, flippé comme une crevette coursée par un filet de pêche. Le creux de l'oreiller me rappelait sa présence, ces moments troublants-excitants-dégoûtants que nous avions passés tous les deux. Au fil des mois, la grisaille me déprima moins. J'étais finalement plus désespéré à l'instant précis où le soleil sortait de la vase des terrains vagues côtiers.

« Ça te fait chier d'être là hein ?
- Non ça me plait. J'me dis que c'est bientôt fini la galère.
- Pauvre taré. »

Ce type, je le connais bien sûr. Martial « Uppercut » est l'un des membres de la bande skinheads de Patrice. Ces hommes m'ont pourtant accepté durant des mois.
Nous avons bourlingué dans la région, effrayant les habitants, picolant jusqu'à la syncope, causant politique avec l'intelligence d'une poule. Bien sûr, les autres membres de la bande, Jean-Pierre, dit « Cutter », Bruno appelé « Qui-pue », Sébastien surnommé « Langoustine » et Martial au pseudo évocateur « Uppercut » finirent par sentir qu'il y avait quelque chose entre Patrice et moi... J'étais surnommé Dracula, et lorsqu'ils comprirent que je jouais à la dinette avec le boss du groupuscule, ils ajoutèrent « fille de joie ». Je croquais les types que nous agressions. Bien sûr, je n'intervenais qu'après la bataille, me ruant sur le gibier blessé avec la fureur d'un possédé. S'ils m'en laissaient le temps, qu'ils ne m'interrompaient pas avec leur «Allez, on s'barre », j'allais jusqu'au sang, savourant le jus avec délectation. Après tout, on se mord bien les lèvres et la langue non ?

Le camion semble emprunter un chemin non bétonné. Ils m'emmènent en enfer et ça me va plutôt bien. *Uppercut* nettoie ses doigts avec l'ongle de son index. Il tremble de la guibole droite, sans doute impatient de me faire la peau.

Au fil des mois, je devins la « fille » de chacun des membres. Malgré leur homophobie de façade, dans l'arrière-boutique, leurs principes étaient remisés aux oubliettes. Chacun y allait de sa brutalité et de sa tendresse, se retirant de moi après l'orgasme à l'instar d'un locataire fuyant son logement en flammes. Une forme d'équilibre s'instaura. Personne n'y trouvait à redire. Ils se soulageaient en moi.
J'effaçais partiellement mon dégoût en croquant des quidams qui avaient eu le seul tort de tomber sur notre chemin. Nuit de lampadaires, vie de lucioles agressives.

Les routes des provinces pauvres sont des spaghettis al dente, des fils dentaires tranchant la verdure comploteuse. Des bruits de mâchoire, des bourrasques de vent qui cognent dans la coque de la remorque.

Les cinq doigts d'une même main sale me font face : Uppercut, Cutter, Qui-pue, Langoustine et Patrice.

« Bon alors, Dracula fille de joie, te v'là devant la falaise. R'garde la mer, r'garde le vide. Tu vas sauter. »

En caleçon, les poignets ligotés avec du gros scotch, torse nu, je me gèle, j'ai peur, j'ai envie d'en découdre. La lune me fait l'effet d'un écran de télé allumé dans une pièce noire. J'adore les écrans depuis le siècle dernier. C'est là le monde, ce n'est pas autour, ce n'est pas auprès, ce n'est pas tout contre, c'est électrique, c'est magnétique, abrutissant, c'est déstructurant. « Vous êtes mes bonhommes de la bonne cause. Vous allez me faire mal. Vous faites du mal comme Jésus faisait du bien. Vous êtes des saints protecteurs du cerveau reptilien. Détachez-moi les costauds. Je vous prends un à un. Ok ? Si je me prends une raclée, je saute de la falaise. Ok les gays refoulés ? »

Vérifier la complétude de la vie. Visionner chaque diapositive des moments clefs de l'existence. Se rappeler ces heures passées dans les transports en commun, être soulagé, poussé le caddie plein de victuailles, se rappeler ses mots de passe, le code secret de la carte de crédit.

En fait, j'ai commis une faute. Alors que nous étions chez Nono, le troquet du village de Bourg-Rocroi, je me suis laissé aller. Nous étions « entre nous ». Les péquenots à la retraite, quelques paysans locaux, Nono et son gros torchon sur l'épaule et bien sûr notre bande de fiers nationaux. Au fil de la soirée, les verres aidant, j'eus une furieuse envie de danser. Dans le jukebox, il y avait un morceau de *Frankie Goes to Hollywood*. En introduisant la pièce de deux euros, je compris que j'allais entrer en scène telle une diva poilue au popotin frétillant. Ils allaient voir ce qu'ils allaient voir. J'allais contrôler mon corps et leur demander sensuellement s'ils contrôlaient le leur… Chaussé de docs, tutu invisible, rouge à lèvres exubérant, baveux, la crête fixée au savon de Marseille.

« Messieurs les bons coups, je vous présente la Diva du troquet, la poufiasse du rade, la danseuse de balais à chiottes ! »

Dès que les premières notes sortirent de la bête, je commençai à tanguer des hanches, jouant la coquine, exhibant une moue coquine transcendante. Ils étaient figés pour certains, morts de rire pour les autres. Ma bande me regardait avec inquiétude, installée à la grande table à côté du billard et du flipper en panne. J'avais des vertiges dus à l'alcool bien sûr, quelques tafs de joint, mais aussi aux effluves de testostérones qui embaumaient la pièce. Une jolie cacophonie aspergée de sueur dans laquelle je me débattais en rythme, en boucle, en grâce car frappé par la beauté générée par la tension sexuelle dessinant les visages laids des clients. Je tournais, trébuchais, je couinais, criais, j'étais le ciel et la terre enlacés dans un film porno tourné en *Point Of View*, la caméra à l'épaule, le sexe en bandoulière. Il y avait du beau oui, de l'instant suspendu dans cet univers de bruts frustrés, tristes, acculés à la haine par une société trop « mégalopolisée ». Notre campagne était un satellite naturel ignoré de tous, un cloaque d'âmes esseulés, le « domaine secret de la haine » et honteux des excès contemporains. Enivré, je frôlais les types au bar, des tocards rigolards et trapus qui n'avaient pas touché une femme depuis des lustres. L'un d'entre eux m'effleura les fesses, un autre me souffla son haleine chaude et infecte sur le visage… J'étais Dracula, l'ami des paumés, le souffre-secoureur… Ce jeu continua tout le temps du morceau qui berçait l'assemblée jusqu'à ce que Gaëtan, un ébéniste sans emploi au visage vérolé, au corps gras, agrippa mon bras pour m'attirer vers lui et pour me fourrer sa grosse langue gluante entre les lèvres. Je me laissai faire, ramolli de la tête au pied par ma prestation publique. Il me serra si fort contre lui que je crus étouffer. Mes dents se fermèrent sur sa langue au point d'en expurger le sang. Son étreinte se desserra brutalement, cadenas pété de l'excitation perturbée, feux d'artifice de coups de poings et de pieds, bombers déchirés, crânes rasés s'écrasant sur les pifs plateformes, la cacophonie ordonnée d'une baston générale.

Ils sont immobiles, presque au garde-à-vous, troufions sans état-major jouant les redresseurs de patrie. Leur petit jeu consiste à lâcher les chiens invisibles sur moi.
Les aboiements sont le vent hurlant. J'ai l'impression de revoir le château enveloppé de brume, les chemins boueux de mon enfance, le défilement/galop des nuages avant les crises, la soif, l'appétit, la fureur.

« Pour la dernière fois, je vous demande si j'peux vous prendre l'un après l'autre ne', toi là ne', puis toi là ne'… J'en prends un après l'autre, je joue au colt avé sa montée d'adrénaline. J'en prends un ne', puis l'autre ne', et le suivant ne', jusqu'au dernier ne'…" Personne ne répond. Ils me font face. Je ne peux pas distinguer leurs visages car Lune en contre-jour, océan en contre-certain. « Alors, pas un qui s'avance ne'? »

Sans doute n'ont-ils jamais entendu parler du désert de sable noir, des cascades d'entrailles d'Enkorok. Ils ne connaissent que le bout de leurs orteils. Leurs doigts boudinés et leurs mains épaisses n'ont jamais servi à rien d'autre qu'à cogner des faibles, à gratter la terre en quête de quelques cerveaux valides d'insectes. Ils n'ont jamais rien fait, ils n'ont jamais fait que lécher les murs de brique de maisons ouvrières abandonnées. Ils ont regardé derrière les rideaux, ils ont ridiculisé des déclassés. Jamais ils n'ont inquiété les puissants.

« Le Général Ellis a eu peur et pourtant, avec ses gros canons, ses yeux en lame de fond et son bel uniforme, il en jetait ! Ces types bourrus vociférant dans la rue, ces filles osseuses tapinant, ces bourgeois copulant dans les sous-bois sur la carrosserie froide de leur Rolls-Royce, ces cadres dynamiques et ces paysans courbaturés, ces chevaliers « cote-de-maillés », ces prêtres et ces moines isolés... Tous, je dis bien tous, ont eu affaire à moi !
- Mais qu'est c'tu racontes putain ?
- Si seulement vous vous en étiez tenus à vos petits larcins de lâches ! Si seulement vous aviez continué à me baiser, à me chouchouter ! Si seulement vous aviez décidé de me garder sous votre aile plutôt que me mettre là, à poil au vent, l'allure humiliée, alors quoi ? Hein ?! Alors je n'aurais pas été contraint de... »

Les yeux rougissent, les mains tremblent et la cellophane craque. Les muscles se mettent en branle, le ciel noir me crie « L'AMI ! », je lui souris, je sors les crocs, ça craque, ça pète ! Je reviens d'entre les tombes, la bave aux lèvres, l'estomac creux criant famine, je viens, je sors, je jaillis mes amis, je déverse des cris, je me libère et bondis ! Pas qui bouge. Une béquille translucide s'affaisse sous le poids de mon assaut. Je voulais leur amour, j'ai eu leurs molécules. Je voulais leurs coups de reins, ils récoltent mes coups de crocs... Ma mâchoire immense se referme sur chacun à la vitesse d'un râle. Me délecte de leur viande, de leur sang, j'aspire, ils gueulent, gonflent comme des ballons de baudruche et explosent sous ma langue vipère...

Effondré, la tronche entre les côtes mises à nues de Patrice, je savoure la chaleur de ses restes en tentant de reprendre ma respiration. Des années que je vivais reclus, Dracula fille de joie, Dracula à la retraite, épuisé par des siècles de boucherie. J'en avais assez, j'avais besoin d'être comme tout le monde, cajolé par des crétins, amusé par des chauves-souris apeurées par ma seule présence. J'aimais le parquet craquant sous mes pieds nus et l'indicible plaisir de se sentir finir. L'immortalité était une errance alors je l'ai remplacée par le lait frais dans le frigo, la baguette craquante sous la dent et l'aspirateur d'âme qu'est la télé. Il n'y avait rien qui puisse me rendre plus heureux.
Leurs corps éparpillés resteront là. Je laisse les abats aux charognards. Leurs visages sont partiellement arrachés par mes attaques. Les yeux pleins de larmes, je me penche sur chacun afin de déposer un baiser amoureux et doux sur leurs crânes décharnés.

La nuit s'achèvera dans quelques heures. Je devrai repartir en transhumance.

« Je suis un frontalier du monde. J'ai connu si souvent la proximité de la mort que je ne me sens plus vraiment parmi vous. »

Adieu mortels, briseurs d'idéal. Crépuscule de leurs vies. Groupuscule des morts dont je me suis abreuvé...

- *Les adieux à la peau* -

En guise d'introduction

Chaque jour qui passe prouve que je ne suis plus rien. J'ai la révolte archi-fausse. J'ai des postures que je suis incapable de tenir. J'ai un canapé, des envies de bonbons. J'ai plus envie de changer le monde, j'ai plus envie d'anarchie. J'ai plus envie d'analyser, de lire, de comprendre, d'approcher des pauvres, d'insulter des riches. J'ai des rêves de vioque : mater des culs dans la rue, boire beaucoup d'alcool, posséder un jardin, laisser une œuvre capable d'être diffusée dans des émissions de variété. Je ne crois plus en ce que j'écris. Je me trouve complètement con, avec les « il faut impérativement remettre le capitalisme en question », « Le président paiera » blablabla... ça ne vaut strictement rien. Je ne me retrouve plus que dans l'écriture. Juste l'écriture. Même de la merde, de la daube. Mais de l'écriture qui paie le loyer, qui paie le gas-oil pour la bagnole, les couches pour l'petit. Je veux assez d'argent pour plus tard, pour pas être sur la paille quand mon chômage sera suivi d'un divorce douloureux ou/et d'un cancer long et pénible à guérir.

J'en pleure sincèrement. J'ai de grosses larmes comme ça. Je n'ai pas bu d'alcool, je n'ai rien fumé, je n'ai rien injecté dans mes veines. Et je me vois en vrai. J'écris de la merde. Je revendique une révolution à laquelle je n'ai pas envie de participer. J'ai même plus les couilles de me suicider.
Croupissant là, devant mon écran d'ordinateur, avec ma calvitie déjà bien avancée, quelques cheveux blancs... Et ces échos venus du journal télévisé. Des Birmans se font massacrer. Et j'ai honte d'être là.

J'ai honte parce que sincèrement, je n'ai pas envie de les aider. Je ne me sens aucune forme d'affinité avec leur douleur. Je ne veux pas voir leurs souffrances. Je ne veux plus supporter le mal des autres. J'en ai assez. Assez. J'ai un cancer futur à soigner. J'ai des proches qui vont mourir. Un chômage de longue durée. Des tourmentes, des anxiétés à assumer.

J'entends bien que les Etats-Unis nous écrasent et broient notre système social. Mais là, je m'en fous.
J'espère juste que je serai mort quand ça tournera au vinaigre. J'espère que le climat va changer un peu plus tard.
Pendant ce temps, je simule la vie. Je paie mes factures. J'ai le chômedu. Mais je ne me sens pas de reprendre une activité professionnelle. Je me suis grillé avec ce pseudo « Vérol ». Je suis fiché là où j'aimerais travailler. Pourtant je n'ai tué personne. Mais j'ai tellement peur de faire du mal à quelqu'un. J'ai tellement peur de faire une connerie, d'avoir des ennuis, de me retrouver en prison.
De devenir quelqu'un. Je ne veux pas balancer des pavés sur des CRS, parce que j'ai peur qu'ils m'attrapent. Je suis sincère. Je me sens si lâche aujourd'hui. Tellement rien.
Si j'étais célibataire, je crois que je n'oserais même plus dire bonjour à une femme pour la draguer ensuite. Je rentrerais le soir, me rappellerais d'elle et me branlerais goulûment en pensant à son visage et à ses nibards.

Je suis autocentré. Je croupis dans mon égo-trip pseudo-littéraire. Je n'ai vraiment plus rien à dire, ou peut-être raconter mes factures, mes plantes arrosées sur le balcon, mon étonnement sur cette mode stupide des ballerines, mes découvertes porno sur Internet... Raconter que je n'ai plus envie de rien, que je ne crois pas que ça puisse aller mieux. Raconter que les voyages ne m'intéressent pas, que voir d'autres pays, d'autres cultures, j'ai déjà France 5 pour ça. Je ne sais pas. Je ne sais plus vraiment si j'ai encore quelque chose à écrire et à dire. Ce texte prouve que je n'ai plus rien à dire...

Que je n'ai dit que des conneries. Que je me suis soûlé tout seul. Alone. Comme un grand dadais bidon, encore criblé de boutons dégueulasses, purulents... Et des grandes dents. Je pars en vrille.

Bref, je suis un prototype occidental. Je suis la rouille plaquée sur la carapace du monde. Je suis un microbe. Un morpion. Un mec qui n'a jamais réussi à devenir un bon écrivain, un intellectuel, un combattant, un militant. Que sais-je? J'aimerais qu'on me dise que je suis bon, très bon. Quand j'écris ce texte, j'ai envie qu'on me dise ça. Je veux être quelqu'un d'impressionnant, d'estimé, en qui on croit parce que talentueux. Je veux ça, mais sans rien faire, sans sortir de chez moi, sans me coltiner des conversations, sans avoir à subir celui que je suis en public: trop bavard pour planquer ma gène, mon impression d'être de trop. Et quand j'écris ça, je sais que des centaines d'autres l'ont déjà écrit avant moi. Et que vainement j'essaie d'imaginer que c'est utile. Que c'est bien. Tourner. En. Rond.
Je n'ai plus de respect que pour les suicidés.

Avec les années qui passent, ce n'est plus la mort qui fascine et effraie, c'est l'accélération du temps.

Et pourtant, nos immeubles, pensés pour pourrir...

L'endroit du monde où l'on peut revivre les horreurs de la collaboration: les caisses des supermarchés. Les uns sur les autres, les petites coups en douce, les égoïsmes, et surtout cette propension qu'ont les gens à se coller tout contre toi, toi qui ne les connais pas, ne les aime pas. Ils se mettent tout près, pour te mettre la pression, comme pour faire avancer plus vite la queue, le regard torve du criminel en puissance, de l'égoïste de compétition, du zombie fielleux pressé de se goinfrer, de ranger les courses dans le/les frigo-s, de tester sa nouvelle crème, de goûter le nouveau Carambar bi-goût... Tu sens cette haine, cette impatience et malgré tout ce besoin d'approcher sa bidoche et sa puanteur de l'autre... De la même manière, sur les plages, les concerts, les queues de musée, de parcs d'attractions, il y a ces milliers de tarés qui osent pénétrer dans la sphère intime pour « pousser », bousculer, gruger, écraser, tester... L'Homme est un animal d'abattoir pour l'Homme.

L'Humanité est constituée de cannibales simiesques.

« Je ne vais pas rentrer chez moi, je n'ai plus de chez moi depuis que j'ai rembobiné la cassette. Je ne vais ni rentrer chez moi ni rentrer en toi. Je vais exploser en vol et arroser la Terre de mes pétales de chair... »

Gorge cousue, il s'étouffe avec ses haut-le-cœur...
La vie sans plafond.

L'eau saumâtre scintille sous l'explosion de lumière rouge de la supernova. Un cliquetis glaçant le réveille de sa torpeur moite. Un homme myrtille est là jouant à faire rouler deux ventres d'acacia dans ses deux valves nerveuses. « Office divin à 29 heures deux quarts, essaie de te pointer à l'heure cette fois, et n'oublie pas ton catalogue des prix nouveaux. » Il se lève péniblement de son lit d'orgueil et s'apprête à se préparer quand un géniteur nymphe lui chope la nuque avec une pince brise-câble et lui sectionne d'un coup sec. Sa tête roule jusqu'à l'eau saumâtre et disparaît. Son corps, aspergé de son sang telle une robe de lanières fluides, se dirige robotique vers la file des prêcheurs dead. Dans quelques minutes, le vent cosmique soufflera toute présence de vie sur la planète, laissant la place aux nouvelles espèces créées par *Insanus*, Dieu Noir.

« Je me suis fait étrangler par un chien mort... C'était le mien, il pissait juste contre l'arbre, pile sur une rivière de fourmis rouges. Ses yeux étaient plats comme ceux du requin crevé sur l'étale du poissonnier, mais sa langue rouge spongieuse gesticulait en tous sens. Il a fait une sorte de sourire de chien puis il s'est jeté sur moi pour m'étrangler avec ses pattes. Je ne veux plus de ce chien chez moi... Ni du reste d'ailleurs ». Tout le monde reste médusé autour de la table. Marlène, sa femme, s'affaire à débarrasser avec sa fille aînée, Julay. Marc et Soufian, les jumeaux, ne bronchent pas, et chopent le sel dans leurs assiettes terminées avec l'index. La télé est en sourdine. Le chien, un boxer de couleur fauve, est assis et regarde fixement son maître. Ce dernier se lève, chope le balai posé dans un coin de la cuisine et se met à « rouster » l'animal de toutes ses forces. Les jumeaux se lèvent de concert pour stopper le carnage mais le vieux les stoppe illico: « Je vous préviens, si vous me touchez, je vous abats dans l'heure. » Il lâche le manche à balai, plantant toute la famille pour rejoindre le garage où il passe l'essentiel de ses journées depuis qu'il est à la retraite.

Nous sommes trop nombreux sur Terre et pourtant nous sommes ce type seul allongé dans la poussière qui fixe une ampoule allumée pendant des heures...
Un smartphone déchargé pour un occidental vaut un bol de riz renversé pour un subsaharien.

Dans ce cadre, l'amour est un glissement de terrain, un sol instable qui roupille un temps avant de se déverser salaud sur les cohortes de chiards expulsés des entrailles de la mère porteuse qu'est l'illusion...
L'ère des tables en plastique, du café pour tous et des esclaves invisibles... L'ère des animaux de compagnie.

Vous avez tant de gens qui passent leur vie à dénigrer celle des autres, de leurs parents, de leurs enfants, de leurs voisins, de leurs collègues... Assis sur la caisse en bois pourri de leur égoïsme, accompagnés par le cadavre de leurs « victoires » professionnelles, ces retraités se vantent d'avoir acquis un repos mérité. Pourtant, pas un mur, pas un supermarché, pas un tank ne leur appartient, mais convaincus de leur affreuse nécessité sur la Terre, ils se goinfrent sur la croûte terrestre qu'ils sont les premiers à avoir détruite. Mais il faut honorer leur vieillesse, leur expérience, leur égocentrisme dégueulasse qu'ils nomment sagesse. Il faut applaudir l'assassinat de Dieu qu'ils ont perpétré pour se dispenser de soigner les autres, pour vivre le Diable en live, tapez 1 pour le garder dans votre maison tout confort, tapez 2 pour l'envoyer dans l'appartement pourri de vos gosses déclassés, endettés, condamnés à rembourser, à payer vos tuyaux dans le bras, vos gélules et vos émissions de télé pour vioques...

Glaciation des carcasses évidées... Le lynchage de masse d'animaux d'élevage sous des prétextes religieux, l'arrosage de terres avec des nuées de nano-robots fous furieux, l'horloge du siècle qui s'accélère et tous ces salauds des trente glorieuses qui s'empiffrent sur la dépouille des continents.

Déportation massive de ces lâches arrogants dans des camps de la mort... Les résidences pour retraités bunkerisés. « On vous laisse nos déchets, on termine notre assiette puis la vôtre puis on va se dorer la pilule sur des bateaux de croisière, des hôtels classieux... » Quoiqu'on en pense, il est temps de prendre les armes... Pour se suicider, ne rien leur laisser...

Le vieux n'écoute que son discours sur sa sagesse et sa connaissance de la vie. A ce rythme, il finira par s'incinérer lui-même, se faire une cérémonie et déposer des gerbes de fleurs sur son propre caveau. Dans son garage, il bricole depuis des mois, son cercueil, une caisse en bois de chêne qu'il polie, astique, qu'il fignole pour s'offrir les honneurs nécessaires le jour de sa disparition. Dix ans dans la légion puis trente ans dans la sécurité des bâtiments, il a tout donné pour protéger, pour sécuriser la vie des autres avant d'être jeté, du jour au lendemain, dans le grand bain vide de la retraite.

Parce qu'en plus, il faut être révérencieux, polis avec ces bestiaux fatigués nés durant les trente glorieuses... Leur donner des signes de soumission, les applaudir pour le monde petits proprios et de chiens obéissants du système qu'ils ont fondé tout en tenant un discours d'opposition de façade sur le monde qui les fait becqueter. Pas un n'a mis la main dans le cambouis et dans le sang de l'ennemi.

Il voit ceux de sa génération comme des larbins, des hédonistes prétentieux et lâches tout juste bons à se dandiner devant un animateur ridicule en veste à paillettes.

L'étudiante suce le sexagénaire en essayant de cacher son dégoût... Elle a une dentition parfaite, une langue précautionneuse, un tatouage débile sur la cambrure de son dos.

Crever à feu doux dans l'insipide asphyxie de l'être. Les femelles d'un côté, les mâles de l'autre, on s'épouille comme des singes en causant de la mort qu'on oublie...

On ne sait jamais trop comment les gens ont joui lorsqu'on les regarde parler du rien abyssal qui caractérise leur vie. On se demande lequel de ces honnêtes gens jouit trop vite, lequel tente des positions acrobatiques, lequel a de la morve au nez à l'instant de la petite mort... Si on les alignait, si on les mettait en concurrence comme sur leur lieu de travail, les hiérarchies sauteraient. Le PDG banderait à peine et éjaculerait les poings fermés comme un enfant en colère et s'en irait bouder flanqué d'une grenouillère à fleurs. L'étudiante le connaît bien, c'est le meilleur ami de son père et il paie cher pour la sodomiser dans le lit de ses parents. Ils sont voisins et l'ancien légionnaire l'avait regardée pousser lentement, persuadé que cette jeune pousse ferait une belle... il jouit dans sa bouche, se retire et lui demande de quitter le garage immédiatement : « Il est déjà 16h50, ma femme va bientôt revenir de son cour de yoga, et ma fille revient de la fac à 17h30. » Il lui jette les billets de vingt euros avec dédain.

« Mon centre de contrôle que vous appelez garage, est le centre de recherche principal pour la redécouverte des secrets liés à l'immortalité. Est-ce jouer avec le diable ou bien est-ce le Seigneur qui offre à certains la possibilité d'accéder à l'éternité sur Terre ? »

Ses collègues ont organisé le fameux pot de départ à la retraite. Ils ont bu, ils ont ri, ils ont rendu hommage puis ils l'ont laissé partir dans la nuit trempée de brouillard. Il avait alors eu la sensation de marcher dans le vide mais...

Il est l'heure de dégouliner.

En cas de problème de transit intestinal, perforez votre abdomen en plusieurs points avec le fameux pic à glace des films américains ou des documentaires américains sur les serial-killers avec les lumières qui gesticulent des voitures de police du comté de Smalltown où John Kerryn était un citoyen au-dessus de tout soupçon malgré un casier judiciaire chargé pour des faits de fraude aux polices d'assurance dans l'état du Kansas... Le capitaine Beefuck se rappelle et d'une voix sûre encombrée d'une pomme de terre :

« À l'époque je débutais, et c'est la première scène de crime sur laquelle on m'a envoyé. C'était un bain de sang, il y avait les organes sexuels de la victime collés au plafond. »

Nuit noire, déconfiture crème. La caresse des draps se transforme en coups de poings dans le lard...

Son truc à lui, c'était de lutter contre le crime désorganisé...
La patience d'un bouillon de légumes dans une casserole. L'abnégation d'un sirop dans un verre d'eau...

Nombreuses averses sur le désert « dégobille »...

Traqué dans les rues étroites de la mégapole chimique, il défile devant les boutiques aux devantures éclatées, des jouisseurs mondains faisant la manche à leur seuil. Ça sent le métal chaud, l'ordinateur qui mouline. Il s'effondre sur la benne pour les plastiques et les canettes en alu. Il liquide ses dernières forces pour se relever et partir se planquer entre un cadavre de SDF et une palette de gourdes de gnôle vides. Ses pieds sentent la fondue de cinquante litres de fromages périmées, sa salive est un plâtre en liseré dégoûtant qui gêne les interlocuteurs et pourrissent l'eau âcre du robinet. Des nues, des visages nacrés, des chaussures usées, des chevilles disco pliant comme des pailles sur les angles des trottoirs glissants. Et ainsi de suite...

Un caméléon monocolore et unijambiste...

Voilà. Les bases sont posées. Nous allons maintenant pouvoir commencer. Vous êtes dans la sphère privée des élites gloutonnes du pentagone, de l'hexagone, du décagone et des multinationales de l'éternel, l'internet, l'infernal, l'infection neuronale par les boules à facettes que sont devenus les visages connectés de vos interlocuteurs/agresseurs/bienfaiteurs...

L'homme est un sac isotherme pour l'Homme...

Soit, rien n'est grave, la machine peut nous espionner jusqu'au fond du rectum, mais qu'en est-il de ces laps de vie des no-connecting People ? Nous avons la glacière et le sandwich triangulaire sous plastique, goût jambon trempé, marche forcée, vitres pétées, capteurs de fumée, jingle pub et cage thoracique écrasée.

Les terres sont ocres même si l'on tente de vous dire le contraire. La vérité sort du crâne des embaumés. Des dalles de béton, du carrelage, des robots ménagers aussi câlins qu'un mort-né. Vous avez le beurre, l'argent du beurre et le verrou bruyant qui va avec. De vulgaires mains ouvrières fabriquées en Chine par des tee-shirts à 10 balles soumis et polis.

Vous êtes la faille, le phare, le monstre, l'artiste, le lugubre. Vous êtes l'envie, l'envieux, l'ivresse et la rupture. Vous êtes le climat, les séismes et la roue voilée. Vous êtes coton, fils électriques, pendaison et sourires faux aux géniteurs.

Un chanteur soprano complexé planqué, un chauffeur de taxi philanthrope qui ne conduit que des sans le sou, un banquier habillé dégueulasse qui sert la soupe aux tétraplégiques, un soldat en pyjama suçant son pouce en criant à son officier supérieur: « Quand est-ce qu'on arrive ? »

Il n'est pas question de pleurer sur son sort, mais le héros est bien celui qui se vante de ses petites réussites, ses heures à battre ses records au *solitaire*, à vider le matelas à plumes. Je ne peux m'en empêcher, je ne sais pas vous, mais je ne peux pas m'empêcher de penser qu'au prochain traumatisme intime, je me donnerai la vie, me jetant du ventre bedonnant de tous ces repus.

Cultiver un cerveau jusqu'au bout quand on sait qu'il finira en stalactites par les orbites des yeux, s'excuser de vouloir se taire, se toucher, se déboucher sur la chaussée, les pieds puants manucurés.

Une bouée canard, un fil pour pendre les cadavres de linges propres, siffler le cul d'une obèse tractée par une chaise roulante, regarder une armée bombarder les bébés des autres en croquant des mélanges apéritifs façon salé /grillé...

Le vieux surgit grogne gémit pisse à côté affirme son identité de mâle dominant en humiliant ses progénitures. Monarque en tongs à la dentition résineuse remboursée par le trou béant du corps mourant de la sécurité sociale... Il recharge son fusil... « Mais pour quoi faire ? » Les jumeaux gisent, assis contre la baie vitrée non explosée du salon. Marlène et Julay hoquètent l'une sur l'autre dans le dressing. Il les achève d'une balle dans chaque nuque.

Fille fragile apparaît, accroupie, douze tuyaux de pvc surgissant de son dos...
Elle laisse les circuits imprimés exploser entre ses cuisses. Poils brûlés, route défoncée, culotte déchirée par le liquide céphalo-rachidien du vieux libidineux au triple sexe rabougri.

Le vieillard n'écoute que son discours sur sa sagesse et sa connaissance de la vie. A ce rythme, il finira par s'incinérer lui-même, se faire une cérémonie et déposer des gerbes de fleurs sur sa propre tombe.

Mourir dans l'autre serait si bien mais qu'en ferait-il, ôté de son orgasme par l'arrêt cardiaque vulgaire du partenaire sexagénaire...
Salade industrielle avec vue sur mer de bile scintillante et bulleuse. Un corps flotte à sa surface, une pilule d'antioxydant, un étron maudit en forme de croix et bien sûr le sperme émulsionné du grandpa... Elle a la gorge qui brûle et la mâchoire douloureuse.

Il lui lance : « Je suis ton aîné, tu me dois le respect, petite pute. » Un père de famille, une salade au thon, un air rigolard et des conseils de bricoleur du dimanche... Il sait couper le saucisson et il a l'œil pour servir le Ricard. Il connaît la foi en dieu mieux que quiconque et inonde le repas d'anecdotes sur sa vie. L'étudiante sort de sa voiture et crache par terre tout ce qu'elle peut cracher. Il a bandé mou à cause d'elle qui suce très mal, lui a-t-il dit avant de la balancer sur la bande d'arrêt d'urgence.

Risque majeur de collision entre un pot de gnôle et une marmite d'illusions trop cuites. L'image est pourrie mais évidente. Des grottes de carries dans les dents flottant dans le sucre blanc...
Elle retournera bientôt en cours et chacun parlera de nouveau des problèmes de bagnole, des travaux à faire à la maison, du petit qui se casse la gueule au bord de la piscine privée, de l'achat d'un petit pull très joli, de la nouvelle coiffure de la petite,...

Ne parler de rien, parler de tout, parler pour quoi, pour piétiner les morts, les affamés, pour conjurer la pensée et ouvrir la braguette du père pour l'aider à pisser tout en parlant des pansements, de la carrosserie déformée, du ciel chatouillé.

Pastiche de bonheur, parler de salle de bain bien équipée durant des heures. Asperger la gueule d'une mère de famille avec sa propre bile. Elle est enceinte, mais cette fois, elle le gardera, une poupée de viande produite par le mât merdique du sexagénaire affalé sur le pouf difforme posé dans l'entrée du palais. Après avoir abattu la smala, il a mis tout ce qu'il a pu dans la voiture :

slips, chaussettes, gourde cabossée, trousse de pharmacie, boîtes de conserve, quelques photos du temps où ce n'était pas périmé. Puis il a roulé jusqu'à la forêt et s'est arrêté pour pleurer. Puis il s'est connecté au site pour contacter la petite. Il négocie les tarifs de la pipe depuis des semaines mais cette fois, il ne calcule pas, s'achète le grand jeu, l'immense jouir, la nuit d'ébène dans son précipité blanc.

À l'heure du goûter, on leur fait avaler des vases d'épingles, des viscères au chocolat, on nourrit la progéniture, on se fait chier, on veut démonter des tronches, soupirer dans le cul des vieux qui pullulent dans les bras musclés de Morphée... Il en est débarrassé, du diktat des gosses, leur rythme scolaire, leur rythme de sommeil, leur attentes, leurs détentes, leurs cadrages, leurs désaxements.

C'est mort, c'est fait, c'est éliminé.

Ses yeux cousus dans le dos, elle joue à faire des serpentins avec ses cheveux paille. Ses mains douces et crispées sont posées sur sa poitrine. Elle repose en paix sur un puits d'engelures et d'œdèmes. Ils sont allongés sur un matelas trop dur d'une chambre d'hôtel trop impersonnelle. Il a un verre de bière à moitié plein. La mousse a déjà séché sur les parois du moitié-vide et forme une croûte gerbante. Elle fume. Il la laisse faire malgré sa répugnance pour les effluves de tabac. Sa bouche est naturellement rouge et abîmée à la commissure par les petits coups de dents qu'il lui a infligée lors du premier coït. Le tour de chauffe. Il a eu tellement de mal à bander. Il parle :

« T'as pas connu les années disco. Vous allez plus en boîte vous les jeunes. On se tapait tout ce qui bougeait. Faut dire que l'uniforme aidait bien. C'était bien, on en bouffait de la chatte. Ne sois pas choquée. Les filles que je me suis levées en premier, elles pourraient être ta grand-mère maintenant. »

Elle ne répond pas.

Le vieux dit: « Moi aussi j'aimerais me faire sauter comme je le fais. Vous adorez ça les connards ! »

Il se penche sur elle, le zizi sifflant en l'air à l'instar d'un crotale et il introduit sa langue dans la rigidité cadavérique de sa pute immobile.

Même son visage est peint, le vieux reconnaît son visage. Elle fut sa compagne durant des années, cette roue non voilée, cette incendie du matin, cette parenthèse de bonheur simulé devenu l'enfer vécu. C'est ainsi qu'on se remémore les déchets mémoriels d'une histoire... Il aimerait retrouver ces diapos de mémoire des années de sa jeunesse au grain orangé et usé dans les coins, de ses gosses aux guiboles maigres qui criaient des conneries au milieu d'éclaboussures d'eau salée. Il se fait chier, aigri dans le vagin de cette fille inerte de l'âge de sa fille. Il tente de jouir méchamment puissamment pour irriguer son cerveau décati. Son gland est une huître laiteuse palpitant au bord du cratère mou de son nombril...

« Viens et regarde. » Il dépose un nouveau billet sur le tas d'autres billets déposés sur la table de nuit.

En traversant le couloir de l'hôtel, il salue la femme de ménage. Il a bien sûr mis l'affichette *ne pas déranger* sur la poignée de la porte. Il n'est plus très lucide à ce moment-là, il tangue un peu, épris d'amour, de furie, flanqué d'une fatigue monumentale, de douleurs casse-couilles aux articulations.

La culpabilité l'effleure à peine. En passant devant la réception, il précise qu'il reviendra demain, que sa fille se repose, qu'elle a tout ce qu'il faut, qu'il ne faut pas la déranger « pendant la rédaction de son nouveau roman à succès ». Le réceptionnaire est un gros métis un peu sale portant un tee-shirt Metallica, une montre Swatch jaune fluo, un bracelet de force, une boucle d'oreille...

Dans la touffeur du casino, il se plante devant une machine à thunes. Il a garé sa Safrane parmi les caisses de luxe et balancé la clé au voiturier noir qu'il appelle bouana dans sa moustache et Jeff à voix haute. Il est loin le temps du drapeau rouge dans les manifs et celui des baises gratuites avec consentement mutuel...

La nubilité de ses traits lorsqu'il gagne quelques pièces lui donne l'allure d'un soldat pimpant, non périssable... Personne ne fait gaffe à lui. Il est un doyen parmi les doyens, un motif de plus sur les murs d'ampoules colorées...

Les français étaient toujours les plus gros baiseurs du monde selon la dernière étude tralala, et les américains étaient les numbers one pour prouver par des études « scientifiques » que les fellations décuplaient les cancers de la gorge et que l'homosexualité était une maladie génétique. Ce passé-la qu'il regrette est l'époque d'un mur, deux blocs, une myriade de guerres et de famines autour, le gay Elton John jouant l'amoureux transi d'une mannequin en fourrure de l'autre côté d'un check-point à Berlin. Du temps, maintenant du présent, des cascades d'images en enfilade, des guéridons robotisés, des tracteurs de l'espace, des travelos plus vrais que nature.
La mouscaille dans le slip immaculé, il est évacué par deux vigiles blancs comme linge:

« Monsieur, vous indisposez notre clientèle, veuillez revenir une fois nettoyé. »

Le rire compulsif, la déformation mièvre de ses lèvres, le minimalisme de ses bras coton l'horizon l'oraison les autres et lui seul, les autres, les coups, les heures passées à dormir dans une cabine téléphonique désaffectée, l'ombre d'une femme, les doigts d'un enfant, il croupit, et crie, il n'a aucun humour, il n'a que des humeurs, des honneurs et des fourmis dans les avant-bras, des bris de graisse, des instants prolongés une tasse de thé dans la main, une pétasse défoncée contre les reins, des ruines, des chatouilles, l'œil qui tourne dans le noir, une tache de crasse dessinée juste à côté du vagin. Un petit matin, il ouvre la fenêtre de la chambre pour tenter d'en expulser la puanteur. Il est l'heure pour lui de retourner quelques temps à la simulation de l'homme honnête, l'homme tronc, ...

De travers dans l'atmosphère, on dit que c'est plus doux, moins dangereux, que l'épiderme souffre moins, que ça ne pique plus, ça masse, ça calme. Il lave ses pieds jaunis couverts de corne. La télé en sourdine, un film de cul puis il soulève la couette chauffante...

Il crapahute sur le corps de la gosse, s'emmêlant la queue, la langue, ses bras anguilles, ses jambes idiotes et folles comme un bouquet de vers dingues empoigné par une main ferme. Il dégobille par intermittence avant de se remettre à l'ouvrage...

Il se sent bien lorsqu'il est vidé, il a les ogives nucléaires, le droit de veto et un marché de consommateurs prometteurs qui gratouillent dans le sable de leurs cervelles pour y retrouver le code secret de la carte bleue, bleu ciel, blanc jouir, vert croupir.
Malgré l'odeur intenable, il a faim... Il appelle la réception et commande une tourte de poulpe épicée à la voix lasse qui lui balance un « on vous prépare ça pour 19h25, cher Monsieur », avant de raccrocher. Pour se rendre au réfectoire, il enfile un costume, celui de commercial ou de témoin du marié. Noir, sobre, cravate, chaussures cirées, sourire soft, armurerie au repos, estomac grouillant de joie à l'idée de se sustenter. La salle de restaurant est vide. Le serveur est aussi le vigile et le réceptionniste. Ça n'est plus le petit crade au tee-shirt de Metallica, mais un grand maigre blanc comme un cul qui sourit et sert comme s'ils se trouvaient dans un palace. Il lui demande de la moutarde et du ketchup. Etonnement. « Le poulpe, c'est du tonnerre avec du ketchup et de la moutarde ». Il termine rapidement son plat, engouffre toute la corbeille à pain avant de retourner dans la chambre.

Le cancer des nations, la communauté « infernationale » signe le glas des cuisines individuelles, des combinaisons de ski et des menottes à fourrure rose fuchsia... Ce sont des doigts de cendres qui broient la main de plume de l'enfant bol de choco.

Il se dresse devant le miroir, le crâne toujours aussi douloureux. Il s'approche. Son visage est tendu, ridé, tiré, débraillé, déclassé, enculé, défoncé, rongé... Du bout de l'index, il caresse les bords du cratère sur sa tempe. Un trou de balle. Il sourit. Des ronces vivaces et animales se tortillant sur la crête de ses dents. Ses gencives saignent. Il ne sait pas pourquoi. Sa langue est chargée de furoncles purulents. Il ne sait pourquoi. Il tente de sourire puis pénètre le trou de balle avec le petit doigt de la main gauche. L'os rompu circulairement est coupant. Il progresse doucement... et sent le gluant de la cervelle. Il sourit, le sang jaillit, couvre les dents de devant.

« Tu fais quoi? »

Il sursaute. La voix est glaciale mais veloutée. Elle aussi possède d'énormes gencives mais noires et luisantes. Son sourire est celui d'une affamée. « Tu fais quoi l'vieux? » Il sort le doigt du trou de balle béant baillant sur sa tempe tendue et le remballe dans la paume comme dans « papa a volé ton nez, mais non, faut pas pleurer, c'est un jeu, c'est juste mon pouce, pas ton nez, regarde, sèche tes larmes. » Sa main squelettique se pose sur l'épaule forte.

Elle veut l'embrasser dans le cou. L'image de leurs deux visages zombies se reflète à peine dans le miroir crasseux. C'est ça, c'est sinistre, c'est l'heure de baiser, c'est l'heure de couper la frange, de désosser le canard à l'orange... C'est l'heure de regarder le conchié de soleil à travers la fenêtre buée de la chambre. Puis se coucher et se mélanger, former une pâte qui colle aux doigts, fabriquer un sablé, des jambes dégueulassées par les liquides de l'autre, des autres...

Donnez-vous du temps pour fabriquer vos châteaux de sable dans vos baignoires débordantes de morve...

Voyageur pendulaire... L'enfer sur Terre... Chiens des transports foireux, des managers intermédiaires teigneux, ...

Il profite de ses jus répandus dans sa jupe spongieuse. Un genre de bouleversement, une douceur lubrique en pataugeant dans ce corps criblé de bubons, d'air vert, de poudres d'ailes de papillons...

Si bon, si délicieux. Il se cure les dents après avoir joui. La télé hurle l'actualité de fin du monde. Il n'y a presque plus de moineaux... Corps musclé, perfecto sur torse nu, minishort rouge, rangers délacées, il danse comme un dieu, une étoile noire luisante, une salope aguicheuse. Il est parfait, sa main ébène glissant sur ses pectoraux parfaitement dessinés. Il se démène dans les restes de son étudiante, les yeux accrochés à l'écran de télé qui diffuse des clips dance du début des années 90. Sa gaule est à son paroxysme, sa mémoire vive enchevêtrée dans des vibrations - prononcé avec l'accent anglais - orgasmiques. L'air est chimique, chloré, âcre aussi, la puanteur est sans doute insoutenable, mais il ne sent rien, il hume les effluves imaginaires de fleurs « flatulantes »... Les clips s'enchaînent, les beaux blacks se succèdent, souples, sensuels, brutaux, sauvages, ... Il sait que c'est la dernière, the last issue, la glace braisée dans le fion, la face fidèle au masque de sueur, les yeux entortillés dans le clair-obscur des chorégraphies kitchs nineteens... Le jet spectaculaire dissout définitivement le tronc de sa partenaire dans un torrent puissant s'écoulant dans les crevasses profondes de la couette froissée...

De nouveau il s'approche du miroir... essuie la buée avec le gant de toilette marron fossilisé sur le bord de la baignoire en ciment. Puis il sursaute, joue avec ses points noirs, les yeux clos, les ouvre, les paupières fraîches comme des ailes de papillon, de petit insecte énervé, et découvre son visage fusion, ses traits incroyablement rajeunis, la blancheur de sa peau, sa douceur, sa sensualité, son extravagante vitalité... Il est presque belle, il est désirable, bleu blanc bouffé par la lumière, brillant, constellé de vitalité. Il a vingt ans à peine. Son pied claque sur la fine pellicule d'eau de fuite qui stagne sur le lino laiteux posé à l'époque où l'hôtel accueillait surtout des touristes et des commerciaux.... Sa joie est proportionnelle à la quantité de désespoir qui traîne dans le monde entier... « C'est si bon, j'ai enfin touché jouvence, j'ai joui et j'ai jouvence, j'ai massacré et j'ai jouvence, j'ai démonté et j'ai jouvence, j'ai cassé et j'ai jouvence, j'ai les doigts tordus dans mes mains serrées et j'ai jouvence, j'ai le sperme épais comme la crème et j'ai jouvence, j'ai le corps découpé en mille morceaux et j'ai jouvence, j'ai jouissance dans jouvence, j'ai pulvérisé pour avoir jouvence, j'ai joué, j'ai cassé le jouet, j'ai bousillé la jouir, et j'ai la jouvence, la transe, la joie, la délivrance, j'ai jouvence. »

Le monde sent la boule puante, les bouchons de bagnoles de retour de vacances passés au napalm, aspergés de zyklon B ! Sa laideur intérieure compensée par sa beauté extérieure, l'enveloppe: « J'la pelote, j'déchire c'te salope, je bousille son escalope et j'ai jouvence, j'ai l'en-jouir dans les vents de son corps pourrissant. »

La veille, il lui disait, une heure avant de se lancer à l'assaut de la petite: « Il y a un corps de trop dans ce mètre carré. » Elle avait ri. Puis elle avait verdi, souri, elle avait bu son milk-shake timidement. Les nuages mauves campent au-dessus de la ville saccagée. On dit à la télé que les meurtres et les pillages ont décuplé. Une colonne vertébrale décharnée, trafiquée, transformée pour devenir le fouet... Il n'a récupéré que cet élément de l'amante pour punir sur la place privée ou publique, ceux et celles qui l'ont conduit là. Là, à l'endroit du déclin, du corps qui n'a plus faim, qui houspille la psyché avec ses douleurs, ses rhumatismes, ses souffles au cœur, son arthrite, son arthrose, la défectuosité de l'équilibre, l'asthénie généralisée, la pénurie d'envies, de désirs... Plus rien ne fonctionne.

« Et les gens se comparent à des arbres ou des fleurs, mais nous sommes des machines de dieu, des robots déglinguos sitôt les couilles vidées, les bébés expulsés, les crédits remboursés, les plaisirs épuisés jusqu'à la couenne... Soixante, soixante-dix ans, et alors ? Et que faire après ? Et à quoi bon l'éternité, l'immortalité? »

Son visage s'affine, la peau sur son torse et sur son bide se raffermit. Il a reconquit l'essence, la puissance, la délicieuse sensation de vivre pleinement...

En sortant de l'hôtel, il n'omet pas de dégainer la colonne vertébrale du long manteau et de l'envoyer en pleine gueule du veilleur de nuit qui n'a pas une seconde pour réagir. Il gicle contre le papier peint- moquette rose. Il glapit fort, très fort, si bien qu'il est indispensable de lui en remettre une bonne sur la tête, sur le dos, viser la gorge, ... Il vagit sans fin sous les estocades puissances de l'assaillant avant d'en venir à s'évanouir et de clamser dans un festival de clapotements sanglants...

Lorsqu'il aura traversé la ville, qu'il aura été enfin ceinturé puis arrêté, on découvrira sa vie à l'envers, en marchant sur ses pas, le réceptionniste-vigile-serveur de l'hôtel pilonné à coups de colonne vertébrale. On remontera les marches d'escaliers, on se retiendra de dégueuler en découvrant la chambre dans laquelle sont disséminés les morceaux de prostitué. On prendra son larfeuille, on y décortiquera les informations, on établira l'identité du taré : père de famille sans histoire, ancien légionnaire. Travailleur sérieux, ponctuel. Retraité paisible. « On ne comprend pas. On ne sait pas ce qui a bien pu se passer. Il était toujours poli » Entre les murs des maisons, il a l'accumulation des produits toxiques, des intimités calfeutrées, les mystères, les misères, ... « Il faisait souvent les courses avec sa femme. Ils se promenaient en ville, toujours bien apprêtés. Des gens très biens ». Des gens très biens... « On ne s'explique pas ça. »

On en fera quelques articles qui salissent les doigts avec l'encre noire sur le papier recyclé. Puis on passera à l'article suffisant.

Dans la morgue… le corps du réceptionniste-veilleur-de-nuit a le bout des doigts qui tremblent… Malgré sa silhouette déformée par les coups, son tronc se soulève. Il s'assoit sur la table de dissection, glisse un pied par terre, puis le second… et se lève. La lave rouge-noire dégouline épaisse des coins de sa bouche. Il doit retourner au travail. Manger. Et retourner au travail.

Il est grand temps pour Insanus, Dieu Noir, de recommencer une nouvelle partie...

Bibliographie de l'auteur

- **En solo :**

- *Les Derniers Cow-Boys français*, roman, Éditions Pimientos, collection « Pylône », 2008
- *Un noir désir, Bertrand Cantat*, biographie critique, Éditions Scali, 2008
- Réédition : *Noir Désir, le vent les portera*, biographie critique, Éditions Pimientos, collection « Pylône », 2009
- *Manu Chao, le clandestino*, biographie critique, Éditions Pimientos, collection « Pylône », 2009
- *Du Chômage*, récit-fiction, Collection « Les sur-intégrales d'Andy Vérol », Éditions L'Ivre-Book, décembre 2013
- *Manifeste de l'Acharniste*, essai onirico-politique, en collaboration avec la photographe suisse Yentel Sanstitre, Editions fictives Burn-out, 2014
- *Seconde chance*, Nouvelle, Les éditions la matière noire, collection « The dark matters », 2014
- *Orphelin*, récit, Editions fictives Burn-out, 2016
- *Cut Up's vérolés*, pamphlet lyrique, BOD, 2017
- *DATACENTER*, récit fictionnel, Editions du Pont de l'Europe, 2017

- *Notre République*, nouvelle dystopique, cycle « Avant Extinction », Ed. Burn-Out, 2017
- *Noir Désir, post-mortem*, biographie, Editions du Camion blanc, 2019
- *Je, gosse de Nouzonville*, pseudobiographie, Editions du Pont de l'Europe, 2017
- *In love with Alice Sapritch*, roman, BOD, 2022

- **Collaborations :**

Livres collectifs :

- *Le livre noir de ta mère*, livre collectif, Canada, éditions de ta Mère, 2010
- *25 minitrips en wagon-lit décapotable*, livre collectif de 25 nouvelles, Bruxelles, Éditions Renaissance du Livre, collection « Grand Miroir », 2011

Avec l'artiste Insolo :

- *L'ablation de mon prépuce mental*, dessins & textes libres, BOD, 2021

Avec l'artiste Dysto-photographie :

- *Douleurs fantômes*, collages photographiques & textes libres, BOD, 2022

Site de l'auteur :

- Léonel Houssam : http://leonel-houssam.blogspot.fr